Los muchachos sin nombre

© *Los muchachos sin nombre*
Anthony Riani De la Cruz

ISBN: 978-958-46-8978-8

Versión Digital

Corrección de estilo
Sandra Villegas

Diagramación
Edward Carvajal Arciniegas

Colombia
Mayo de 2016

Anthony Riani De la Cruz

Los muchachos sin nombre

Dedicatoria

Quiero dedicar esta novela a los muchachos y muchachas sin nombre de la Universidad Javeriana, con quienes pasé momentos y aventuras inolvidables que quedarán estampados en mi memoria. Gracias a ellos tuve la oportunidad de compartir momentos de felicidad que recordaré toda la vida.

A mi ángel guardián que nunca me desamparó en todas las aventuras y locuras que hicimos. Gracias a él/ella estoy vivo y tuve la oportunidad de escribir la novela.

No quedaría completa la dedicatoria si no mencionara a mis padres, Marion Carmen Helena de la Cruz y José Mario Riani, como también a mi abuela, Marion Anne Pinto de de la Cruz (Granny). Ellos soportaron todas las locuras, siempre nos brindaron amor a mí y a mis amigos y estaban allí en las buenas y en las malas. Sé que pasaron muchas horas de desvelo pensando en qué andaba su hijo. Me disculpo por esto, pero no me arrepiento por las locuras porque, sinceramente, pasé muy rico.

Para terminar, dedico esta novela a mis hijos, Daniella y Antonio José (AJ) Riani Olivar, y a mi esposa, Libia Olivar de Riani, que se reían con mis cuentos y aventuras y me dieron todo su apoyo durante el tiempo que escribí la novela.

El Gringo
Julio 25 de 2011

Anthony Riani de la Cruz

Ingeniero industrial de la Pontificia Universidad Javeriana de Cali. Nació en Nueva York, pero ha vivido la mitad de su vida en Estados Unidos y la otra mitad, su adolescencia y época de universidad, en Cali, Colombia. Ha ejercido su carrera profesional en el área de recursos humanos especializado en compensación y beneficios, en industrias de consumo masivo, financieras, telecomunicaciones, seguros y salud.

Es amante del campo, le fascina salir a caminar por los senderos en las montañas cerca de su casa, donde encuentra la inspiración para su gran pasión de escribir. *Los muchachos sin nombre* es su primera novela, en la que narra sus vivencias de juventud en Cali.

Vive actualmente en Sammamish, Wa, EE.UU, con su esposa, dos hijos, dos perros, una gata y los gratos recuerdos de su vida en Cali.

Contenido

I
El presente

*En realidad, el único momento de la vida
en que me siento ser yo mismo es cuando estoy con mis amigos.*
Gabriel García Márquez (1927-2014) Escritor colombiano.

*Don Tonino se sintió como él mismo
cuando lo visitaron los tres amigos. (comenta el autor).*

Era un día caluroso, como cualquier día del mes. El calor sofocante ahogaba hasta el más fuerte corredor de maratón, y el sudor permanente fluía como un río torrentoso buscando una salida para desaguar sus corrientes. El señor Tonino Riaci, a sus casi cien años de vida, estaba acostado en una cama de la Clínica Versago, en la ciudad caribeña de Maliquilla. Allí, en su cuarto, como un paciente más de la cuenta, el flujo de gente no se percataba de que el viejo estaba solo. Miraba las cuatro paredes, rajadas, con la pintura descalichada y llenas de mugre, en un trance como si estuviera viendo a alguien especial en el cuarto solitario. El viejo parecía un astronauta listo a conquistar las galaxias infinitas. Estaba conectado a tantos tubos y máquinas electrónicas pequeñas, grandes, de diferentes estilos y colores, que lo único que hacían era alimentar su frágil cuerpo y tomar medidas de forma continua y monótona. El ritmo de las máquinas y tubos parecía una tortura china con la caída de cada gota.

El cuerpo del viejo ya estaba llegando a sus últimos momentos de estancia en esta tierra, pero su mente y su alma seguían tan despiertos, tan vivaces, como las de un muchacho de veinte años. Las mil conexiones ayudaban a controlar los movimientos básicos del cuerpo, pero no había máquina o tubo que pudiera alimentar su mente pensante y viviente o la alegría de su alma que alumbraba la cueva más oscura como una antorcha.

El viejo miraba las cuatro paredes siempre con una sonrisa pura y constante, por no decir picante, por los recuerdos que se movían del subconsciente al consciente. Estos recuerdos llenaban su alma y su corazón de mucha alegría. Mental y espiritualmente, estaba listo para salir corriendo del cuarto aburrido y tenue, sin embargo, su cuerpo cansado y viejo no dejaba que realizara ese sueño. Una y otra vez, cada vez que quería, sin seguir un horario fijo, entraba la misma enfermera. Desafortunadamente para el viejo, no era una joven de veinte años con un cuerpo de diosa infinita, con las curvas talladas por Miguel Ángel. Era una señora con cara de perro bulldog, una mirada de serpiente cobra y una seriedad de estatua de roca. Y lo peor de todo, con un cuerpo que podía participar en la lucha sumo. El viejo no se atrevía a abrir la boca ni para pedir agua para no recibir una mirada matadora o un comentario sarcástico de la enfermera. Ella entraba, miraba una cosa, la otra, anotaba un número en una cartilla, ajustaba aquí y allá, y decía con una sequedad como el desierto de Sahara: "Don Tonino, abre la boca que tengo que tomarte la temperatura nuevamente". El viejo, sin decir una palabra o tratar de reclamar, abría la boca de inmediato, como un soldado enviado al frente siguiendo estrictas órdenes de su comandante. Era la única forma de que el viejo le abriera la boca a la enfermera inhumana. Luego de terminar su rutina de chequeo, la enfermera se alejaba sin despedirse del viejo y tan campante como llegó. Se perdía entre la muchedumbre que caminaba de un lado para el otro en los corredores de la clínica. Otra vez el viejo se quedaba solo mirando las cuatro paredes, pero siempre con la sonrisa de felicidad que expresaba su alma.

Don Tonino era un viejo solitario, sin mucha familia. Su esposa por más de cincuenta años, doña Libarda, se había ido de este mundo a uno mejor hacía diez años. Extrañaba las quejas y la lora de doña Libarda. También los desayunos tempraneros y las caminatas por las calles desniveladas y congestionadas de Maliquilla. Añoraba las paradas a tomar un buen jugo de lulo, para descansar del intenso calor que irradiaba el sol, tan fuerte como si fuera el mismísimo infierno, y los almuerzos livianos con una buena arepa de huevo, empanadas o cosidos. Luego, las maravillosas siestas juntos en el cuarto más fresco de la casa, con el ventilador de techo dando vueltas monótonas y expulsando más viento caliente que fresco, donde los ronquidos hacían más bulla que una locomotora.

Don Tonino y doña Libarda tenían una relación única, de amor puro. Eran esposos, amigos, acompañantes y siempre se veían juntos, con una felicidad como la del día en que se conocieron. No era una pareja de muchas palabras. A veces la casa estaba tan silenciosa como una cabina de examen de oído, pero la simple presencia de los dos seres amados hablaba como un cuentero nocturno.

La sonrisa permanente del viejo en el solitario cuarto de la clínica, era por los recuerdos de su Libarda. El viejo sabía que en pocos minutos, horas, días, o tal vez más tiempo, iba a poder compartir la eternidad con su amor de toda la vida. Volverían a cogerse de la mano, caminar en paz por el cielo infinito y, gracias a Dios, sin el calor insoportable de Maliquilla que no haría ninguna falta a los difuntos. Desafortunadamente, todavía no era el momento de estar de nuevo con su viejita.

Don Tonino adoraba a sus hijos, eran la luz del sendero de su vida, el correr de su sangre, el orgullo de su ser. Los dos eran muy especiales a su manera, pero con temperamentos diferentes. Danisa, siempre una mujer correcta, derecha y de estudios formidables. Tenía una disciplina y seriedad que hasta hacía marchar a la nobleza, a un ejército completo o a los seres más demonizados del mundo. Antonio era lo contrario, un hombre jocoso, que veía todo sin problemas, con una alegría constante y una risa pegajosa. No creía en el estrés. Esta palabra no era parte de su vocabulario. Tenía un espíritu noble y sentimientos grandiosos que enamoraban hasta la mujer más seca del mundo.

Como buena hija, Danisa se quedó a vivir en el infierno de Maliquilla. Un buen día, su hermano, con la misma frescura y sonrisa, dijo que se iba a vivir al extranjero, donde podía tener un futuro mejor. La verdadera razón era que quería escaparse del calor, los insectos y los bichos raros. Cuando llegó el día, se montó en el avión, se despidió con una alegría única, prometió volver y estar en comunicación. En la casa se sintió un vacío enorme por la partida de ese espíritu sencillo y alegre. Eso no significaba que la casa no estuviera hasta la cúspide de la taza con el amor de los que quedaban.

Antonio cumplía con su promesa de escribir diariamente a sus padres, contándoles, con palabras extenuantes, sobre su vida. También los visitaba varias veces al año en los cumpleaños, la Navidad o cualquier día de sorpresa. La visita espontánea llenaba de felicidad a sus padres, no sin antes dejarlos sin respiración por unos segundos al abrir la puerta y ver a su hijo allí, con la sonrisa afectuosa de siempre. Lo primero que decían don Tonino y doña Libarda al ver a su hijo era: "Mijo, nos vas a matar un día de estos".

Danisa visitaba todos los días a su padre en la clínica, para acompañarlo en sus últimos momentos de vida. Siempre le llevaba los chismes de Maliquilla y las empanadas que a don Tonino le fascinaba comer. Danisa las entraba a escondidas y él las saboreaba mientras no estaba el médico y la enfermera sargenta que controlaban su dieta.

La relación entre don Tonino y Danisa era maravillosa, de padre e hija, pero más que todo de amigos eternos. Don Tonino era el confidente de Danisa y le daba consejos más de amigo que de padre. Él siempre bromeaba con Danisa y más cuando estaba con sus amigas. Las hacía reír a carcajadas con las bestialidades que decía, pero sin irrespetarlas. Sus amigas lo llamaban cariñosamente el "demonio", no por malo, sino porque salía con unas cosas espontáneas que llenaba de alegría a las muchachas y las hacía olvidar de un día aburrido de colegio, estudio y tareas.

Don Tonino saboreaba las deliciosas empanadas, siempre mirando la puerta para ver cuándo entraba la enfermera sargenta. Estaba listo a tragar la exquisitez que le quedaba en la boca y esconder el resto de las empanadas debajo de la cobija, a una velocidad envidiable de los mejores magos del mundo, para evitar problemas con la enfermera. Él estaba muy viejo para recibir regaños y en su estado no podía hacer nada. Tenía que dejar de lado su orgullo, dejarse llevar por las ocurrencias del día y pasar el poco tiempo que le quedaba en armonía, tranquilidad y amor.

—Danisa, mañana me traes unos pandebonos calientes, esos de la tienda de la esquina, los que hace doña Sutela, bien calientes. Estoy antojado de un pandebono caliente con un cafecito. Eso sí, ten cuidado con la sargenta porque no quiero que decomise las delicias como si fueran contrabando —dijo don Tonino con una sonrisa maliciosa.

—Papá, doña Sutela se murió hace mucho tiempo y los hijos no siguieron con el negocio —exclamó Danisa—. Vendieron el local y ahora hay unas oficinas de esas bien raras, que llaman comercializadora. Entra gente rara, llegan carros lujosos, no sé qué es lo que hacen, pero estoy segura de que no están comercializando frutas ni alimentos. Creo que son esos negocios raros, papá —murmuró Danisa, mirando sus bellos dedos pequeños.

—Carajo, cómo ha cambiado el tiempo, lo bueno, como los pandebonos de doña Sutela, se ha desaparecido. Lo único que se encuentra son esas comidas procesadas que saben a tierra, a cartón molido. Eso de la comercializadora me lo envuelven, esos son de esos nuevos ricos, no se meta con ellos, hija, ni la mirada. Oiga a este viejo arrugado y resabiado. Viejo soy pero mi mente todavía está a altas revoluciones —exclamó don Tonino, frunciendo sus grandes cejas blancas, mientras más arrugas le salían en la frente.

Don Tonino se quedó mirando a Danisa, analizándola y apreciando su belleza. Su niña del alma ya no era niña, era toda una señora vieja, con pelo blanco, arrugas en sus ojos, pero bella como siempre. Miraba los ojos de su hija, que eran penetrantes y brillaban como esmeraldas. Al mismo tiempo sonreía y sentía una satisfacción enorme de haber tenido la oportunidad de tener una hija tan bella y todavía estar respirando para disfrutar momentos silenciosos, llenos de amor y energía positiva al lado de su hija bella.

—Papá, deja de estar mirándome —dijo Danisa con una sonrisa—. Ya estamos muy viejos para esto. No cambias ni con cien años de edad. Eres un caso perdido, papá, ¡qué cosa!, ¿no? —exclamó Danisa con su voz preciosa y alta, pero con una melancolía armoniosa mostrando amor a su padre.

—Hija, si Dios todavía me da vista, tengo que aprovechar. Recuerda que los ojos son los órganos más preciosos del cuerpo, porque con ellos uno puede admirar la belleza que lo rodea —dijo don Tonino, acercándose más a su hija y tratando de levantarse.

—Papá, deja la pendejada o me voy —dijo Danisa con voz amenazante.

Don Tonino se quedó quieto. Después de unos segundos, los dos soltaron unas carcajadas que solo ellos sabían por qué. Era una risa larga y contagiosa. Don Tonino no podía respirar, se le aguaban sus ojos de la risa, se retorcía en la cama como Danisa en el asiento.

—Hija mía, me vas a matar un día de estos, pero qué rico porque será de la risa y recordando viejos tiempos —dijo don Tonino, entrecortado, mientras buscaba aire con desesperación para llenar sus frágiles pulmones.

—¿Qué es lo que pasa aquí? —gritó la enfermera sargenta, al entrar en el cuarto y ver a los dos riéndose como unos niños.

—Don Tonino, deja ya de reírte así, tu corazón no aguanta tanta risa. Deja ya o sino te vamos a llevar dentro de poco, cubierto con una sábana blanca, para la morgue —seguía diciéndole la enfermera, mientras marchaba hacia la cama de don Tonino.

Don Tonino mermaba su risa y al mismo tiempo escondía el resto de las empanadas bajo su cobija, mirando con ojos llorosos a Danisa. Ella se limpiaba las lágrimas de los ojos, mientras se acomodaba en el asiento.

—Papá, ya tengo que irme —dijo Danisa con voz todavía entrecortada por la risa—. Mañana nos vemos a la misma hora.

—Hija, sí, sí, aquí estaré, y no olvides los pandebonos calientes de donde sea —comentó don Tonino en voz baja al acercar su frente a Danisa para recibir un beso que le llenaba el corazón. Era una de las fuentes de energía que le hacía dar ganas de seguir viviendo. La otra era la de un pasado de locura con un grupo de muchachos sin nombre.

La sonrisa se borró de la cara de don Tonino, por la tristeza de quedarse nuevamente solo. Giró su cara hacia las paredes del cuarto para mirarlas con intensidad, sin parpadear, perdido en un mundo diferente, en un sueño permanente. En ese momento se le vinieron los recuerdos de los muchachos sin nombre.

—Don Tonino, ya es hora de tu siesta, a dormir —dijo la enfermera sargenta con voz de mando.

El calor era sofocante, el ventilador solamente expulsaba aire caliente. Eran las tres de la tarde y no venteaba en Maliquilla. El sol radiante quemaba todo lo que azotaba. Los hombres que trabajaban en la calle buscaban cualquier arbolito para refrescarse. En Maliquilla el tiempo parecía haberse detenido, no progresaba, todavía estaba igual a la época de su fundación. Lo único que lo mantenía era el espíritu amable y cordial de su gente. Debido al calor no trabajaban a igual ritmo que en las ciudades frías del interior, pero vivían con una alegría pegajosa que llenaba de vida al más deprimido. Decían las malas lenguas que en Maliquilla hasta los muertos seguían alegres en sus tumbas.

Don Tonino no movió su mirada mientras la enfermera le hablaba, no la oía porque su mente estaba en otro mundo.

—Contigo no se puede — refunfuñó la enfermera, girando para organizar algo en el cuarto. Mientras le daba la espalda a don Tonino, se le dibujó una pequeña sonrisa, porque en el fondo quería al viejo. Luego se le borró por completo y sintió una tristeza enorme porque sabía que dentro de poco no atendería más a su viejo preferido. Le iban a hacer falta las peleas y la terquedad del viejo, porque, en el fondo, el viejo le daba vida.

Don Tonino cerró los ojos, empezó a transportarse en su mente y antes de quedarse dormido alcanzó a murmurar: "Dios mío, dame otro día de vida...".

Entró en un sueño profundo, era tan profundo que parecía que no estuviera dormido. No oía la locura frenética de las enfermeras corriendo por el corredor, tampoco la bulla enloquecedora de los pitos de carros, gritos, exostos rotos que explotaban como granadas, o el grito de las negras vendiendo mangos biches y cocadas. Parecía que el mundo se hubiera congelado en el tiempo, o era un mundo paralelo. En su subconsciente pensaba o hablaba solo con las sombras de nada, diciendo: "¡Qué vaina, carajo, estoy muerto!".

La enfermera sargenta salió hablando y renegando sola.

Aunque todo su mundo alrededor estaba tan vivo como nunca, el cuarto del hospital estaba completamente aislado de esta vida y en muy mal estado. Era el resultado de largos años sin mantenimiento o falta de una mano cariñosa por la escasez de recursos que el hospital sufría, mientras que los políticos sufrían de guayabos por las fiestas continuas y suculentas financiadas con estos recursos.

Don Tonino seguía en su trance o sueño profundo, cuando en su subconsciente creyó ver a unos señores de edad entrar por la puerta de su cuarto. Los señores caminaban lentamente, en forma desorganizada, como si apenas hubieran salido de la cantina con unos tragos de más encima. Algunos estaban apoyados en bastones, otros azotando los bastones por todos lados, como en un duelo de espadas del siglo XIV, eso sí, todos hablando a la vez, en un murmullo incomprensible, un lenguaje desconocido y en voz más elevada que la de la enfermera sargenta. Se acercaron a la cama donde don Tonino estaba relegado a su sueño profundo, tan lentos que los pocos alientos de vida que les quedaban podrían esfumarse para siempre con la brisa caliente. Don Tonino analizó cada detalle de los señores: uno de ellos tenía la tez morena, de avanzada edad, pero casi sin arrugas y su pelo parecía como las cenizas restantes de un asado al carbón. El otro era bajito, pero el mejor vestido de todos, con zapatos finos, hechos por artesanos italianos, y traje hecho por sastres ingleses. El último era bien flaco, pálido y transparente como una salamandra costeña, tenía tantas arrugas como las crestas de los Alpes, y parecía una calavera andante o el actor principal de la última película de terror de zombis. Cada paso adelante parecía uno atrás en la historia de los señores. Con cada paso, don Tonino sentía que el mundo alrededor de su cama solitaria en el cuarto de cuatro paredes rústicas se retrocedía lentamente en el tiempo. Veía las cuatro paredes volverse más blancas, oía menos pitos y bulla en la calle y veía menos gente correr por los corredores del hospital. Se sentía con más energía. Sentía sus frágiles huesos volverse fuertes, su lánguida piel en su cara estirarse y las crestas de las arrugas llenarse. Era una sensación rara que no explicaba. Don Tonino trataba de abrir los párpados, pero sentía un peso enorme que no se lo permitía por la profundidad de su trance. A la vez, poco a poco le venían memorias, ya borradas por el tiempo. Por más que concentraba su mirada o su trance profundo en los señores, no podía distinguirlos; pero hasta su vista se mejoraba con cada paso que daban los señores. Finalmente, llegaron al borde de la cama de don Tonino.

El señor bajito les dijo a los otros:

—Indiscutiblemente parece estar en un estado de sueño profundo, como dicen los mejores psicólogos americanos e ingleses de la línea de los freudianos, en un *deep sleep*.

—¡Carajo!, ¿no puedes decir simplemente que está dormido? —dijo el señor de tez morena y una sonrisa con dientes perfectamente blancos como perlas recién sacadas de las profundidades del océano Pacífico.

—¿Por qué no le tapamos la nariz para que se despierte agitado de susto o le ponemos una cucaracha en la boca para que se levante gritando con alaridos que se escuchen a los extremos de la ciudad? —dijo el señor pálido como el suero de la leche de vaca, con una sonrisa macabra y maliciosa.

—Este verraco se puso tan viejo, como si las mujeres lo hubieran puesto a sufrir mucho en su vida —dijo el señor de tez morena.

—Bueno, analizando desde un punto de vista psicológico y de la enseñanza de los mejores doctores franceses, alemanes e ingleses, salirse bruscamente del sueño profundo o del *deep sleep*, como dicen los profesionales de Harvard, puede llevar del subconsciente al consciente a una velocidad tal que acelera el ritmo cardiaco y le puede ocasionar un paro, o como dicen los mejores cardiólogos americanos, un *stroke*... —empezó a decir el señor bajito, mirando directamente a los otros señores.

—Bueno, bueno, deja de hablar tanta paja —replicó el señor de tez morena. En ese mismo instante entró la enfermera sargenta, marchando como si fuera la batalla decisiva de una larga guerra, interrumpiendo la charla de los señores.

—¿Quiénes son ustedes?, ¿qué están haciendo en el cuarto de don Tonino? —les preguntó en voz elevada la enfermera sargenta, como si estuviera interrogando a los peores malhechores o terroristas del mundo.

Don Tonino se despertó de su trance, abrió sus ojos con susto y mirando a la enfermera sargenta, le dijo:

—Carajo, ¿qué es lo que pasa?, ¿por qué hablas tan alto? Esta vieja sí que es cansona.

Al instante, don Tonino vio de reojo a los señores al lado de su cama y, con sorpresa, giró rápidamente su cabeza hacia ellos, con una cara de pantera listo para la defensa. Su mirada pasó como flecha veloz por las caras de los tres señores. Todo sucedió en milésimas de segundo, y don Tonino sintió que los señores estaban listos para caerle encima como una avalancha sin avisar. Empezó a abrir su boca para decir algo, pero antes de que las palabras salieran, el señor de tez morena, con su sonrisa de blanco resplandor, le dijo con una voz fuerte y jocosa:

—Gringo pendejo, somos el Negro, el Príncipe y el Flaco.

Don Tonino abrió los ojos en su totalidad e inmediatamente, como si hubiera visto fantasmas, sintió una alegría por todo su cuerpo como si estuviera en una reunión de los mejores cuentachistes. Las arrugas de la cara se alinearon con una sonrisa de oreja a oreja. Luego de unos segundos, que parecieron horas, lo único que salió de su boca hacia la enfermera sargenta, fue:

—Estos son los muchachos sin nombre, ¡carajo! Ahora sí me queda poca vida con estos pendejos.

II
La universidad

La amistad es un acuerdo perfecto de los sentimientos
de cosas humanas y divinas,
unidas a la bondad y a una mutua ternura.
Cicerón (106 AC-43 AC) Escritor, orador y político romano.

En esos momentos de alegría y reencuentro con los muchachos sin nombre, don Tonino recordó, como en un pasar de páginas de un gran libro, su época universitaria en Maliquilla. Nuevamente entró en un trance temporal, la cinta magnética de su cerebro, lo poco que le quedaba siendo tan viejo, se devolvió en nanosegundos a sus bellos días de juventud en la famosa Universidad San Javier de Maliquilla.

Don Tonino dejó atrás las memorias de su juventud para empezar la vida universitaria con muchachos y muchachas de diferentes estratos sociales, barrios, razas e incluso ciudades. Estos muchachos y muchachas eran altos, bajos, bellos, feos, gordos, flacos, negros, blancos, más negros, más blancos, serios y mamadores de gallo, de esos sí que sobraban. Todos con la energía excepcional de la juventud que podía iluminar una ciudad completa.

En sus años de universidad, los amigos iban y venían como las lluvias torrenciales que de un momento a otro oscurecían la ciudad y caían tan fuertes que inundaban las calles en tiempo récord. Todos estos amigos, compañeros, conocidos, pasajeros y constantes, eran muchachos y muchachas con un espíritu enorme, y por qué no, también de una estupidez enorme. Todos tenían una cosa en común, parecían mellizos de la misma madre: eran muchachos y muchachas sin nombre, nadie los recordaba por su nombre. Todos eran recordados por su físico, su estilo, su pasado, su lugar de nacimiento, su raza, su inteligencia, su estupidez, sus bondades físicas y fisiológicas, sus miradas, sus locuras, sus decisiones buenas o pésimas. Todos eran recordados como el Flaco, la Flaca, el Gordo, la Gorda, el Perro, el Negro, el Indio, Cuatro Ojos, el Viejito, la Patona, la Culona, la Fácil, la Difícil, la Bella, la Fea, la Arepera, la Sincera, el Patón, el Príncipe, Tres Patas, Sin Patas, Petacas, el Cuervo, el Sabio, el Profe, el Chino, Mandíbula, entre otros. Si seguimos, podríamos llenar la gran muralla China con muchachos y muchachas sin nombre.

Don Tonino no se escapaba de no tener nombre. Desde el primer día que entró a la universidad le asignaron su nuevo nombre: "el Gringo", y hasta el día de hoy todos lo conocen así. Este nombre se lo ganó no porque don Tonino fuera mono, de dos metros de ancho y dos metros de alto, y con ojos azules, sino por su problema de lenguaje. Don Tonino tenía la lengua más trabada que un trancón en la calle primera de la ciudad de Maliquilla, donde todos los conductores, cuando se dañaban los semáforos, decidían al mismo tiempo y por creerse el vivo bobo, seguir derecho sin parar y formaban un nudo en todo el centro. Ni un oficial de la naval o un *scout* hubieran podido hacer un mejor nudo. Todos pitaban a la vez, sin entender que ninguno iba a salir de ese trancón tan verraco que ellos mismos formaron, no por ser vivos bobos, sino por ser completamente bobos vivientes.

Don Tonino perdió la poca inocencia que le quedaba cuando empezó la universidad. El día de la presentación dejó un impacto en todos los alumnos seleccionados. No fue un impacto de liderazgo, como si fuera el siguiente empresario magnate, el primer hombre en llegar a Marte, el inspirador motivacional o un político anticorruptivo, como si hubiera alguno. El impacto fue que quedó como un pendejo por una equivocación sin intención, pero provocada por lo enredado que hablaba. La presentación era en parejas. Desafortunadamente, sin saber quién estaba a su lado, a don Tonino le tocó con el que sería conocido entre el grupo de muchachos sin nombre, como el Flaco. Don Tonino fue desafortunado porque el Flaco resultó siendo el campeón de mamar gallo de toda la universidad, sin decir de todo el departamento, el país, el mundo y las galaxias. Sin exagerar, si hubiera un premio Nobel de mamar gallo, el Flaco lo hubiera ganado todos los años sin competencia. La presentación era sencilla: había que contarle al otro algo de la vida de uno, y cada uno tenía que presentar al otro a los demás alumnos nuevos. Don Tonino contó varias cosas al Flaco, entre ellas que luego de graduarse del colegio fue caravanero durante

seis meses. Manejaba jeeps Suzuki destapados de Maliquilla a Pastazal. Ser caravanero era todo un cuento de risa. Cada chofer hundía la chancleta al fondo.
Andaban a la mayor velocidad posible y los carros nuevos se escapaban de que
se les quemara el motor. Las llantas chirriaban al coger las curvas, y parecía
que fueran a voltearse. Era la Fórmula Uno pero a lo criollo. Los caravaneros se
metían por todos los huecos en la carretera, no porque quisieran, sino porque
había muchos huecos, por no decir cráteres, como si hubieran sido bombardea-
dos por el Ejército en persecución de los bandoleros.

Cuando llegaban al concesionario, los jeeps se lavaban, se adecuaban y se
entregaban a los nuevos dueños, quienes salían manejando a la menor velocidad, porque el vendedor les aconsejaba eso para despegar el motor, como si
no hubiera sido despegado, mejor dicho, quemado, durante la trayectoria de
Maliquilla a Pastazal.

Don Tonino no podía pronunciar bien la erre y algunas consonantes, así
que el Flaco entendió algo diferente. Se cree que el Flaco entendió bien inicial-
mente, pero se hizo el loco para mamarle gallo al pobre don Tonino. Cuando
le tocó el turno al Flaco de presentar a don Tonino, con una elocuencia difícil
de superar, porque el Flaco sí que era bueno para echar paja, presentó a don
Tonino como carabinero, no caravanero. Los alumnos escucharon e inmediatamente se empezaron a oír muchas conversaciones entre la multitud. El rumor
corrió entre los estudiantes presentes, como si fuera uno de los tantos arroyos
que se forman en segundos por las calles de Maliquilla, debido a las lluvias
torrenciales, que don Tonino era un agente de Policía. En ese tiempo, los ca-
rabineros eran agentes de Policía de un nivel de educación bajo y bastante co-
rruptos. Don Tonino quedó en shock al oír al Flaco decir esto. Inmediatamente
empezó a gritar: "¡Carabinero no, caravanero, caravanero, no soy policía, no
soy policía!". En su voz enredada que confundía más a la gente. El Flaco, en un
raro momento de pesar, explicó el error que cometió. Los alumnos al principio
quedaron atónitos, luego todos, al unísono, soltaron una carcajada tan grande
que se podía oír hasta en la China. Así, don Tonino, por hablar enredado, quedó bautizado como el Gringo, pero afortunadamente no como un agente de la
seguridad. Desde ese momento se formó una cadena de tungsteno irrompible
entre el Gringo y el Flaco. Luego de este acontecimiento empezaron las aventuras, andanzas, tristezas, alegrías, lágrimas, sonrisas, confraternidad y rabietas.
Se iniciaron los momentos inolvidables durante la época de la universidad,
entre los muchachos sin nombre.

Los mejores momentos de la juventud de don Tonino pasaron en la universidad, con los muchachos sin nombre. Fueron cinco años de estudio, dizque
de estudio, si realmente existe la ósmosis entre el trago, la rumba, las mujeres,

los viajes y las bellas letras de los libros o fotocopias. En ese tiempo no había computadores, *laptops*, teléfonos inteligentes o BlackBerry. Había simplemente el "berry berry" de la mano temblando luego de tres días de tomar trago en lugares sin nombre. La tembladera también era por los movimientos de un lado para el otro del carro Simca amarillo pollito, por no decir "sin carro", que tenía don Tonino y que andaba con alcohol, pero de la buena caña de azúcar.

Fueron momentos inolvidables. Todos los fines de semana había paseos, fiestas, rumbas, trago, baños en los ríos, comilonas de comida normal con bellas muchachas que veían llegar a sus príncipes de cuentos de hadas. Los muchachos sin nombre veían bellas a todas las muchachas luego de tres botellas de aguardiente encima. Con todo esto, sin saber cómo, don Tonino terminó los cinco años de estudio sin perder ninguna materia y sin necesidad de convencer al padre Aldarez de cambiar las notas, con una invitación a rumbear o una botella de *whisky*. El padre Aldarez era amigo de muchos de los muchachos sin nombre, pero eran más santos los muchachos sin nombre que el propio padre. Eso sí, se oían los cuentos de la compra de notas con trago, pero había muchos rumores de la compra de notas mediante otros favorcitos difíciles de describir. En pocas palabras, con bastante trago en la cabeza cualquier cosa podía pasar. Al final, don Tonino cumplió su objetivo de terminar una carrera profesional, aunque fuera a punta de aguardiente de la caña de azúcar.

Este paso por la universidad dejó grabados en su memoria los mejores momentos de su existencia y el haber compartido una unión fraternal con los muchachos sin nombre. Con la unión fraternal se pudo comprobar que el trago mezclado con la rumba, el poco dormir, la mucha risa, el sexo y la locura, era una fórmula para hacer el pegante más fuerte del mundo, más fuerte que el famoso pegante amarillo Bóxer, que decía que podía unir hasta lo imposible. Como que funcionó, porque la unión de los muchachos sin nombre nunca se ha despegado desde esos maravillosos momentos inolvidables que pasaron juntos.

Entre todas las memorias que han perdurado, está la frase que le decía el Gringo (don Tonino) al Flaco, durante su época de estudio: "Flaco, mañana te recojo temprano, recuerda estar despierto. No quiero de nuevo llegar tarde a la universidad".

III
En la cima
de un nevado

La vida es para ser fortalecida con muchas amistades.
Amar y ser amado es el mayor gozo de la existencia.
Sydney Smith.

Los tres viejitos sentados al lado de la cama de don Tonino, en el cuarto del hospital, seguían hablando todos al mismo tiempo. No se entendía nada. Parecía que estuvieran hablando un lenguaje perdido de alguna tribu de la Amazonia; sin decir que no podían pronunciar bien por las cajas de dientes. Eso no les importaba.

De un momento a otro el Negro dijo:

—Muchachos, yo no me puse verde en la montaña, era mentira. Simplemente me sentí enfermo por la trasnochada del día anterior, y porque me eché cuatro con la noviecita y estaba descremado.

—Ese Negro tan mentiroso. Después de tantos años y tan viejos que no podemos ni caminar, todavía no acepta que se enfermó. También, si no estoy mal, el cuatro polvos era el Príncipe, no usted, mi Negro —dijo el Flaco, apuntando al Negro con su dedo huesudo y largo y con una sonrisa pícara.

—En mis tiempos de juventud y en mi mejor estado físico, luego de un análisis profundo psicológico y de practicar yoga hasta un relajamiento total, podía llegar al éxtasis repetidamente, logrando una penetración única… —empezó a decir el Príncipe.

—Este Príncipe tan sofisticado —interrumpió el Negro—. Príncipe pendejo, simplemente di que te echabas cuatro polvos, no friegues —continuó diciendo el Negro.

En ese momento, el Gringo salió de su trance de recuerdo de su juventud diciendo al Negro:

—Negro pendejo, sí te pusiste verde en la montaña. Príncipe mentiroso, si te echabas uno era mucho.

El Negro inmediatamente empezó a renegar que no estaba enfermo. Así, los cuatros viejitos sin nombre empezaron a recordar la travesía que hicieron en la alta montaña.

Como era la costumbre, los muchachos sin nombre se reunían los viernes en su lugar favorito. Allí se sentían como dioses con su laurel. Un lugar donde podían dejar a un lado sus responsabilidades, si las tenían; donde podían expresar sin miedo sus pensamientos y sentimientos, a gritos y con la música de rock de los setenta y principios de los ochenta. No se molestaban por el olor a cigarrillo, el sudor de los vecinos, el aliento de los amigos, el tufo del aguardiente, ron o sifón y las conversaciones a gritos en las que se entendía solo la mitad. Lo más importante era la risa constante por las barbaridades que se decían, los comentarios, las miradas a las piernas y las minifaldas de las muchachas que pasaban al baño, no sin antes recibir unos cuantos piropos de un grupo de muchachos que eran los reyes del momento.

Para los muchachos, el lugar era su palacio, se sentían como los dueños del mundo. No había poder humano que los bajara del trono donde estaban, aunque fuera una banca de madera sin espaldar. Era el lugar donde iban y venían los tragos, como los vientos huracanados del golfo de México. Se veían pasar, como un rayo, el trago y los cigarrillos, entre las manos de los muchachos. También pasaban entre unos cuantos desconocidos que de viveza se acercaban, como si fueran príncipes de un reinado, para conseguir un trago o cigarrillo gratis aprovechando la felicidad, la borrachera y el ambiente jovial y despreocupado. Sí que era chistoso como se manejaban los cigarrillos, eran considerados más preciosos que monedas de oro de 24 quilates de pureza. En medio de la borrachera siempre había el momento de lucidez para no entregar los cigarrillos Marlboro a cualquiera. Cuando alguien venía a pedir un cigarrillo, la respuesta era que no tenían. Los que querían fumar tenían que salir a la casetica a comprar el Marlboro o el Kent de contrabando, o los que no tenían mucho dinero, un Imperial. Tener una cajetilla de Marlboro de contrabando era mostrar estatus y había que impresionar de alguna manera. A veces era tan estratégico y de tanto valor, que quienes tenían cigarrillos Marlboro terminaban con una muchacha bonita.

Al llegar la primera caneca, los muchachos hacían la primera ronda de brindis: por la semana, por los sentimientos de compañerismo, o por la grandeza de su trono. Más que todo brindaban porque eran unos muchachos que simplemente querían gozar la vida y pasar rico.

Su oficina, su hogar de los viernes, su punto de reunión, su lugar sagrado era un lugar sin nombre. No era importante el nombre del establecimiento, lo fundamental era el ambiente espectacular de los muchachos y las muchachas sin nombre.

Durante la larga noche, pero en tiempo real, todos hablaban a la vez. No había una conversación amena sobre filosofía, economía o política, porque a los muchachos sin nombre no les importaba. Solamente se oían, cuando se podía oír frases completas, por no decir gritos:

—Flaco pendejo, estás trabajando o tomando con nosotros.

—Diablo, ¿qué nos vas dar esta noche, unos sifones extras o unas canequitas? Recuerda que el consumo es grande.

—Flaco desgraciado, sírvenos más trago, más sifón, otra caneca de aguardiente. Estos verracos sí que tragan y a punta de tragos dobles no hay caneca que aguante.

—¡Qué hembritas que llegaron, pero qué falla que llegaron con unos cabrones!

—Bueno, Príncipe, otro brindis por la vida... ¿Sigues saliendo con la monita esa... o qué?

—Vamos a emborracharnos muchachos, qué mejor que eso, después de una semana de martirio con ese HP profesor de dibujo. Se puede meter sus planos, líneas, tintas y reglas por donde sabemos... pero para mí es hora de tomarse un trago más.

—¿Quién tiene un cigarrillo? Gringo, deja de ser tan tacaño y pásame un Marlborito de los que tienes en la media.

—¡Flaco desgraciado, otra ronda! ¡Ese mesero no sirve para nada!

—Mira, el Flaco le está coqueteando a la negrita de la mesa de la esquina, en vez de estar trabajando, el pendejo va a la conquista.

—Hola mi Negro, Chino, Indio, cabrones, se demoraron en llegar, siéntense, tómense un traguito.

—¡Flaco desgraciado, otra ronda que llegaron el Negro, el Chino y el Indio!

—Diablo, ¿qué nos va a dar?, ¿una picadita gratis? Recuerda que el consumo es alto.

—Chino cabrón, estás más calvo que nunca.

—Negro, ¿y ese milagro que viniste solo?, ¿dónde dejaste a la Peluda?

—Otra ronda de tragos por las muchachas de la mesa de la esquina.

Todos estaban hablando a la vez cuando el Negro preguntó, gritando a todo pulmón para que todos lo escucharan:

—Bueno, muchachos, ¿qué paseo vamos a armar mañana?

De un momento a otro todos dejaron de hablar y hubo un silencio sepulcral, como si alguien se hubiera muerto. Hablar de paseo era algo sagrado entre los muchachos sin nombre. Todos quedaron pensativos, a tal punto que parecía que estuvieran resolviendo un problema complicado.

El Indio salió del trance, por no decir de la borrachera, y dijo:

—¡Vámonos para las montañas! ¿Qué tal el nevado de Rizo?

Los otros muchachos sin nombre miraron al Indio con cara de alegría por haber brindado la mejor solución al problema. Inmediatamente, todos empezaron a hablar a la vez para organizar el paseo. Eso sí, había que tomar otra ronda de tragos, por lo tanto, el Gringo le gritó al Flaco:

—¡Flaco, Flaco, otra ronda, gánate bien la plata!

Llegó la hora de cierre del establecimiento. La energía y el ambiente se sentían igual como cuando llegaron, pero todos sabían que su lugar predilecto tenía que cerrar y se debían ir. Se levantaron para irse y el Gringo inocentemente preguntó:

—¿Quién va a pagar la cuenta?

Se quedaron mudos y mirándose entre sí, esperando quién iba a ser el primero en sacar el dinero. Luego de un rato, uno a uno empezaron a chequear los bolsillos y a poner en la mesa lo que tenían. El Gringo reunió el dinero, lo contó y dijo:

—Como que no tenemos suficiente dinero. Diablo, ven te firmo un vale y te lo pago la próxima semana.

Hubo un respiro de alivio. Como si nada, los muchachos se despidieron y se fueron montando en los carros para irse a sus casas a dormir unas cuantas horas y alistarse para el tan esperado paseo.

Antes de alejarse con tristeza del palacio de la sinvergüencería, el Gringo dijo:

—Flaco pendejo, te recojo a las nueve de la mañana, pero sin falta. Debes estar listo porque no te esperaré.

—Príncipe, ¿quieres que te recoja?

—No Gringo, fresco, yo llevo la nave —gritó el Príncipe antes de arrancar a toda velocidad por las calles solitarias, pero solas por las altas horas de la noche. Lo único que se escuchó fue el rugir de un motor listo para quemarse y después salió por el tubo de escape una tremenda humareda más grande que el hongo de la bomba de Hiroshima.

Así, después de pasar una noche más en el lugar predilecto, el trono, sin más decir, sin planear, los muchachos sin nombre quedaron de reunirse a las diez de la mañana en la casa del Negro, en el barrio más antiguo de Maliquilla, para ir al nevado de Rizo.

El nevado era un majestuoso cono de nieve al lado de la costa, donde el único punto más alto era el cielo. El cielo era un lugar al que a los muchachos sin nombre no les pasaba por la mente ir prontamente, si tenían mente, que seguramente estaba frita con tanto alcohol etílico. Si llegaban a ir al cielo, estaban seguros de que San Pedro los recibiría con una botella de aguardiente anisado o licores más finos, o los devolvía al mundo carnal para ir a sesiones de Alcohólicos Anónimos para sanarse antes de enloquecer y dañar a todas las almas puras del cielo.

Al día siguiente, o mejor dicho, el mismo día, porque realmente eran unas cuantas horas luego del trasnocho, los muchachos sin nombre llegaban uno a uno a la casa del Negro, a pie, en carro, en moto o como fuese. La mayoría no alcanzó a cerrar los ojos, no tanto por falta de sueño, sino por el mareo tan verraco de la borrachera. El mundo a su alrededor giraba más rápido que un motor a 3.600 rpm o un remolino del gran río que pasaba cerca de Maliquilla. Algunos estaban con el pelo todavía mojado, otros con el pelo parado por no bañarse. Unos con sonrisas, otros bullosos en su estado normal, otros con caras lánguidas por falta de sueño y ojos hinchados por el trasnocho. La mayoría tenía un tufo suficiente para emborrachar hasta la criatura más pequeña que pasaba por el lugar. Todos estaban listos para comenzar una nueva aventura, listos para hacer lo imposible, posible; lo complejo, sencillo; y lo riesgoso, algo normal de la vida. Se saludaron con diferentes métodos: un abrazo, un beso, una palmada, un chocar de manos, una mirada seria o un tocar de lugares prohibidos. Estos eran los saludos normales de la amistad. Finalmente, alguien tocó la puerta de la casa del Negro. Luego de un rato, la puerta se abrió lentamente. Al mismo tiempo se oyeron enormes gritos. No era nada parecido a un coro de la iglesia, las voces decían, con un sonido agudo y con una carcajada que haría pasar pena a las hienas:

—¡Negro desgraciado, despiértate dormilón que te estamos esperando!

Mientras que se reían los muchachos y las muchachas sin nombre, el Flaco dijo:

—Este Negro pendejo debe estar todavía borracho. Con cuántas viejas estuvo anoche que lo tienen tan cansado.

La mamá del Negro terminó de abrir la puerta. Todos entraron al mismo tiempo en una bullaranga tremenda que podían despertar hasta un muerto, pero parecía que al Negro no.

Una vez en la casa, lo primero que dijo el Gringo fue:

—Buenos días doña Isene. Sí que huele rico, como a unos huevitos. ¡Qué hambre tan verraca! De pronto un cafecito, pero bien acompañado por las delicias que rondan por la cocina. También huele a fríjoles y carnecita que no caerían ni mal.

Todos empezaron a hablar a la vez y se oían cosas como:

—Hola mi Negrita, como estás de... No, no, simplemente ¿cómo estás hoy mi Negrita? —le dijo el Indio con tono provocador a la hermana del Negro.

—Flaco desgraciado, ¿otra vez con lagañas? ¡Qué problema para despertarte! Por ti llegamos tarde como siempre —dijo el Gringo, renegando porque le tocó esperar más de una hora mientras el Flaco se despertaba y se arreglaba.

Eso sí, como siempre, sin bañarse, como si fuera de ascendencia inglesa o francesa.

—Chino calvo, ¿cómo te fue anoche? —le dijo el Guajiro.

El Chino, como de costumbre, muerto de la risa y con pocas palabras contestó:

—Bien.

—Guajiro pelotudo, deja de pegar tan duro —le gritó el Flaco con cara de dolor y sorpresa—. ¡Sí que dolió!

—¿Quién quiere un traguito? —preguntó el Príncipe, mostrando una caneca de aguardiente a medio llenar.

—Desgraciados, ¿tomando tan temprano? —comentó la Cieguita, siempre con su mirada inocente.

—¡Necesito ir al baño, necesito ir al baño! —exclamó el Chivo con voz de dolor porque tenía una atrasada resultado del licor.

—Vamos a hacerle una embarrada al Negro para despertarlo —dijo el Flaco con su mirada de pícaro que era característica cuando estaba pensando en una maldad.

—¡Qué ricas las arepitas con carnita y huevitos que hace doña Isene! Estas delicias despiertan hasta un muerto y sí que estoy muerto, pero del guayabo, del hambre y de la sed —murmuró el Gringo, mientras llenaba su boca de una sola cucharada, como si fuera la primera comida luego de una hambruna de cuarenta días.

En esa cálida mañana, de un día cualquiera, los muchachos y las muchachas sin nombre se alistaban para una gran aventura más. Una aventura de nunca olvidar.

Así empezó la conquista del nevado más alto de Colombia, luego de una noche de consumo normal de licor fermentado de la dulce caña de azúcar. ¿Qué harían los muchachos sin nombre sin la caña de azúcar? La respuesta era sencilla: terminarían en el manicomio, por la locura y la desesperación total de no poder consumir los deliciosos frutos etílicos.

—¡Qué guayabo tan verraco, por no decir borrachera! —dijo el Flaco, con un tufo que podía matar a una manada de patos migratorios pasando a más de mil metros de altura. Eso si no mataba antes a los cazadores sin permiso que no respetan la naturaleza, pues consideran a los patos un manjar para llenar sus barrigas.

El guayabo era algo normal en los muchachos sin nombre. Podían tener el dolor de cabeza más fuerte, el hambre más horrible; podían tener el tufo más fuerte que hacía que los olores de las basuras acumuladas en las esquinas, que era normal en Maliquilla, fueran equiparables a los perfumes de los baños de los faraones egipcios; podían estar todavía borrachos, hablando a medias, entrecortados o sin entendimiento alguno; pero nada de esto desanimaba a los muchachos sin nombre de proseguir con su aventura al nevado de Rizo.

—Mi Negro, no entiendo por qué tienes tanta suerte con las muchachas. ¡Eres un verraco! —le dijo el Gringo, mirando con ojos irritados, pero no por estar enfermo o por el polvo que sobraba en las calles de Maliquilla, sino por el nivel alto de alcohol etílico en su cuerpo.

—A este Gringo no se le entiende nada en sano juicio, ahora borracho, peor. Parece que estuviera hablando quechua el indio este —dijo el Guajiro, mirando con su cara de bóxer, terror entre los muchachos, no por malo, sino porque sus puños dolían mucho y se los propinaba en los momentos menos esperados, que eran muchos.

—Mi Negro se levantó, ya está listo y bañadito, hasta los negros hacen milagros —dijo el Chivo, rascándose su barbita de chiva que seguramente llevaba días sin cortar o limpiar.

—Ese Negro es un macho. Bañarse con agua fría por la mañana, ni en sueños —dijo el Guajiro, que después de pasar dos años como soldado raso bañándose con agua helada a tempranas horas de las frías mañanas de la capital, juró que nunca en su vida se volvería a bañar con agua fría mientras tuviera vida.

—Bueno, muchachos, ¿cómo nos vamos a organizar?, ¿qué naves hay a disposición —dijo el Negro, tomando el liderazgo, como siempre, pues era el organizador de los paseos.

—Listo el borrador de rayas y quiebra columna vertebral jeep del Gringo, la nave diabólica mía que anda con aire, el renacuajo tuntún verde del Príncipe y la moto 500 del Indio —gritó el Negro, como si fuera un general de la República llevando a sus soldados a una batalla final.

—¡Qué verraquera de moto Indio! Debe andar a millón. ¿No será muy cansón viajar todo el tiempo inclinado en esa nave? —comentó el Príncipe, siempre encontrando algo malo con lo que no era de él.

—No, hermano, fácil, fácil, yo soy un verraco y como alzo pesas estoy acostumbrado a durezas —le contestó el Indio, alzando los brazos para mostrar los músculos como si hubiera ganado la última competencia de fisicoculturismo.

Las naves de cada uno también eran un cuento característico e identificador de cada chofer. Marcaron historia y dejaron huellas imborrables en las mentes y los corazones de los muchachos sin nombre.

La nave principal era el jeep rojo y negro del Negro Blanco. ¡Qué enredo tan verraco de colores que confundía al mejor pintor de la época! El Negro que no tenía nada de blanco, pero sí andaba en un jeep salido del infierno que andaba como nunca, sin preocupaciones ni caminos que lo detuvieran. Ese jeep llevó a los muchachos sin nombre a lugares donde el hombre más intrépido no podía llegar. Eso sin mencionar también todas las muchachas que perdieron su virginidad o más bien su dignidad, si la hubieran tenido. El jeep, que parecía un carro endemoniado, andaba solo, sin gasolina, solo necesitaba unos buenos tragos de aguardiente para el chofer y su aroma provocaba el rugir de los cilindros de la profundidad de sus entrañas.

Había otras naves, como el Renault 4 verde oliva, con su motor potente y su audaz chofer, el Príncipe. Parecía una rana pequeña, linda pero más venenosa que una serpiente cobra. Esta nave también llegó a lugares inhóspitos y rincones a los que ninguna otra pudo llegar. También pasaron por sus asientos muchos tragos y mujeres de todas clases y tallas, dejando impregnados los recuerdos de un pasado sin escrúpulos pero divertido al extremo. La nave más sana era el jeep Suzuki brincón del Gringo. Casi ninguno quería ir en él porque luego de un viaje largo terminaba con la columna torcida y la vejiga reventada de tantos brincos. Era el más sano de todos, porque por él no pasaron tantas mujeres como por las otras naves. Las naves se asimilaban perfectas a la personalidad del dueño o as del volante.

—Bueno, Negro, ¿cuántos se pueden meter al jeep? —le preguntó el Guajiro.

—Hermanos, en este jeep caben bastantes, pero, hermanos, yo me voy con la fregona, por ende, máximo dos atrás no más —contestó el Negro.

—Bueno, Gringo, ¿cuántos caben en el jeep brincón acaba riñones, donde se nos borra la raya de lo cansón del viaje largo? —preguntó el Flaco, sobándose su nalga como si hubiera llegado de un viaje de veinte horas en el jeep brincón.

—¡Qué verracos para chillar! Bueno, metan las maletas y el chivo en el mío para bajar la brincadera. El que quiera venir que venga. No me frieguen tanto la nave, malagradecidos —refutó el Gringo gritando y moviendo los brazos, mientras abría la puerta del jeep.

—Indio, ¿quién se va a ir contigo en la moto? —le preguntó el Flaco.

—Ni por un millón de dólares me monto con el Indio porque quiero vivir hasta los ochenta, ¿y con ese loco al volante? —dijo el Flaco, mostrando cómo temblaban sus manos.

—¿Quién se mide a montarse con el Indio? —siguió preguntando el Flaco.

—Guajiro, tú eres un macho, te apuesto que no eres capaz de montarte con el Indio. Todo un varón, un militar, levantador de pesas y todos esos puños ¿para ser una nena? —le dijo el Flaco con un tono locuaz y provocador.

—¡Yo no soy una nena! ¡Dímelo otra vez en la cara, si eres hombre! —gritó furioso el Guajiro, empezando a perseguir al Flaco.

—¡La Guajira se puso brava! —le gritó el Flaco, riéndose, mientras corría, pero para su infortunio fue alcanzado por el Guajiro.

—Negro, préstame un casco de tu moto para ir con el Indio. Indio, ¿tienes casco? —preguntó el Guajiro, mientras que cascaba en forma amistosa al Flaco.

—Claro que sí y con bisel para que el viento no te friegue los ojos —contestó el Indio.

—Indio pendejo, ¿no es que siempre andas con gafas?, ¿dónde están? —preguntó el Guajiro.

—Sin problemas, hermanos, veo perfecto, perfecto —contestó el Indio, buscando sus llaves que estaban al frente de él, en el asiento de la moto.

—Bueno, pendejos, si seguimos así nunca vamos a salir. A apurarse porque nos demoramos por lo menos cuatro horas para llegar —dijo el Gringo, mientras se subía al jeep brincón.

—Ese Gringo como siempre, fregando por el tiempo —dijo el Príncipe.

—Chino, un traguito antes de salir. Guajiro, si yo fuera tú me tomaría una caneca antes de montarme con el Indio —dijo el Negro, mamándole gallo al Guajiro.

—No, no, yo no tomo pendejos, es malo para la salud —contestó el Guajiro, como si fuera un santo.

—Hermanos, tengo que ir al baño y de pronto por una Coca Cola fría o un juguito de mora de doña Isene, no caería mal —dijo el Chivo, con su cara roja como un tomate del guayabo.

—¡Verraco, siempre demorando a último minuto y qué muerto de hambre! Gringo, déjame atrás que yo me voy dormidito —dijo el Flaco, mientras se subía al jeep brincón.

—Flaco, eres el único pendejo que puede dormir en la parte de atrás del jeep brincón —le respondió el Gringo, mientras prendía la nave.

—Bueno, Indio, vas de primero, luego yo y por último el Gringo. Seguimos en fila hasta llegar allá —ordenó el Negro antes de subirse a la nave endemoniada.

Por fin arrancaron, después del desorden y con la mamadera de gallo de unos jóvenes con un espíritu amplio, pero sin ningún sentido de organización. Ellos no pensaban en planear o llevar una lista de actividades para ese tiempo. Lo único que pensaban era pasar rico y vivir el presente. Para este grupo, el pasado ya pasó y el futuro estaba muy lejos. Ellos nunca pensaban en el futuro y no tenían ni idea qué era. Para ellos el futuro era lo mismo que hacían en el presente. Sentarse en un bar con una buena hembra, música salsa o boleritos de fondo, un ron o un aguardiente, una caneca o dos.

Lo último que se oyó antes de arrancar las históricas naves fue:

—Guajiro, te aconsejo tomarte la caneca porque hasta los nervios de acero se te derriten al andar en ese ataúd motorizado con el Indio al timón —dijo muerto de la risa el Negro, mostrando sus dientes blancos.

—No, no, el trago es malo para la salud, yo soy un verraco... —se oyó al Guajiro decir sin terminar porque habían arrancado.

El Guajiro no sabía lo que le esperaba porque nadie se preocupaba por lo que iba pasar.

A veces se oye decir que los jóvenes no piensan, no ven o miden los niveles de peligro. La razón es sencilla, no hay que pedir consejos a los grandes filósofos: se creen invencibles, o mejor, inmortales. Nada les puede pasar, la inmortalidad es un símbolo de la juventud.

Realmente, la inmortalidad que llevaba a los muchachos sin nombre a tener nervios de acero era porque simplemente no pensaban en el peligro. Quién pensaba en peligros cuando había un deseo de gozar la vida y tener una nueva anécdota en el recordatorio. Así pensaban los muchachos, sin preocuparse al mínimo, mientras que empezaba la aventura al nevado de Rizo.

—Indio, no vas andar a millón que el jeep solamente puede andar a cien, no quiero reventar la máquina —le gritó el Negro al Indio.

—Fresco, mi Negro, que voy despacio, soy muy cuidadoso —dijo el Indio, mientras se ponía el casco con bisel.

—¡Vámonos, dejen de hablar tanta paja! —gritó el Flaco.

—¡El último brindis por el viaje! ¡Siempre habrá un motivo! —dijo el Chivo al levantar la caneca y tomarse un trago tan profundo como si hubiera estado veinte días en el desierto del Sahara.

El Indio con el invencible Guajiro se perdieron de vista, entre un carro y otro, pasándose todos los semáforos en rojo, creyendo que estaba en amarillo, como si fueran los únicos en la calle. No había trancón o vehículo que los detuviera. El jeep endemoniado, que andaba con el olor de la gasolina, siguió por el mismo camino. No había espacio que se perdiera. Si había un andén, el jeep lo trepaba; si había un hueco, el jeep se metía, pero sin antes oír a alguien decir: "Negro pendejo, casi te llevas a esa pareja y recuerda que no llevas ganado acá atrás".

—Tranquilos, muchachos, que soy un audaz al volante y tengo que seguir al Indio —dijo el Negro, girando el timón para la izquierda, para la derecha y para todos lados menos derecho.

—Presiento que vamos a llegar vueltos mierda al nevado, porque ya estoy mareado y ni hemos salido de Maliquilla. Mejor me tomo un traguito más para entonarme para calmar los nervios —dijo el Chivo, alzando nuevamente la caneca.

Por fin salieron de Maliquilla y cogieron la recta a la costa. Avanzaban a gran velocidad. El jeep endemoniado marcaba una velocidad de ciento diez. Parecía que se iba a partir en dos, pero con ese as al volante, el Negro, el sentimiento era diferente. Se sentía como si estuvieran en un Ferrari o en el último carro de carreras envidiado por los profesionales de la velocidad.

—Negro pendejo, el olor a gasolina nos tiene mareados —siguió fregando el Chivo.

—Pendejos, no frieguen más. Ya están borrachos. Están oliendo su propio tufo —gritó el Negro, moviendo aún más el carro para marearlos a propósito.

Cuando iban a mitad del camino estaban un poco más entonados y elásticos, por no decir borrachos. No sentían los brincos o huecos y ya no les molestaba el olor a gasolina. Era más fuerte el olor al dulce aguardiente anisado que estaba regado por todos lados, porque botaban más de lo que se tomaban por el movimiento y las curvas del jeep endemoniado. Increíble lo que puede hacer un poco de aguardiente. Hasta los más roncos se volvían cantantes de antaño. Cantaban una ranchera, dos, una canción, otra, y con la salsa de El Gran Combo el jeep se volvía una máquina bailadora.

—¡Que viva el rey! ¿Cómo es esa maldita canción? —preguntó el Negro.

De un momento a otro, el Indio, que iba enfuriado en la moto, paró. Automáticamente la caravana de vehículos paró también, sin mirar si venía tráfico atrás, porque simplemente no les importaba.

—Se ve que el Indio tiene una miada atrasada. Yo creo que el Guajiro tiene una cagadita atrasada del susto. ¿Viste cómo el Indio se pasaba esos carros? Tenía espacio para saludar al chofer y ponerle conversación a la hija —exclamó el Negro.

—¿Qué pasó con el Indio? Yo lo vi por lo menos cinco veces en el suelo —dijo el Gringo al grupo.

—Hermanos, paré porque esa maldita neblina me tiene loco —comentó el Indio, moviendo la cabeza con el casco todavía puesto.

—¿Cuál neblina, Indio? Si el día está bien despejado —dijo el Negro con voz de sorprendido.

—Esa maldita neblina no me deja ver nada, mírala, mírala —gritó el Indio, apuntando con la mano algo al frente de él.

—¡Pendejo, quítate el casco, lo que tienes es el bisel sucio y lleno de bichos muertos pegados! —le dijo el Negro, soltando una carcajada que se oía hasta en la Patagonia.

Muerto de la risa, el Gringo le dijo al Indio:

—¡Tan bruto!, ¿neblina dónde? ¿No sé cómo pudiste llegar hasta acá?

—Mejor manejo sin el casco —dijo el Indio todavía convencido de que era neblina.

—¡Neblina, neblina! Y tú, Guajiro, ¿le creíste o también veías neblina? —le dijo el Flaco, retorcido por la risa que lo tenía ahogado.

—Hermanos, tengo una miada atrasada, voy a buscar un palito.

—Yo también. Y yo, y yo —empezó a decir cada uno, mientras corrían desesperados buscando dónde desalojar la vejiga que seguramente la tenían llena de tanto dulce aguardiente.

Hasta en el momento de la miadas, los muchachos sin nombre eran compañeros. Todos se pararon en fila india a un distanciamiento perfecto, como una escuadra del Ejército. Se oía el gotear como si se tratara de un río caudaloso, pero realmente era el himno de alivio de todos al mismo tiempo, como un coro coordinado.

—Príncipe pendejo, no me toques con esas manos con olor a requesón después de rascarte las huevas —dijo el Flaco, cerrándose la cremallera del pantalón.

—Muchachos, un brindis por la neblina del Indio —gritó el Chivo, levantando la botella de aguardiente.

Ya no era caneca sino botella para satisfacer la sed de los muchachos.

Siguieron el viaje por varias horas más. La mayoría tenía la raya borrada por la incomodidad, o las vértebras de la columna completamente descuadradas, como si padecieran de escoliosis aguda. De un momento a otro alguien dijo la inevitable y gloriosa frase que empezó una conversación, si se puede decir conversación cuando todos hablan al mismo tiempo.

—Pendejos, tengo un hambre la verraca, estoy que me muero.

—Yo también. Las tripas me están sonando tanto que pueden despertar a un oso en hibernación.

—Negro pendejo, ¿a dónde vamos a parar a meter algo a este estómago?

—El Chino siempre pensando en comida.

—¡Qué rico unos frijolitos con garra, un sancochito bien grasoso, unas empanadas, una carne fritica con patacón... una...!

—¡Cállate, no me alborotes más el hambre, o sino me lo como enterito!

—Negro, deberías parar donde comen los camioneros.

—No, no, esa comida es para los ordinarios, es mejor en el Parador Rojo.

—Cualquier lugar.

—Pásate al Indio y hazle una señal de que te siga.

—Ese pendejo del Indio va muy rápido en la moto ¡Húndele la chancleta a la nave para alcanzarlo!

—¡Mi Negro, este carro va a explotar!

—Frescos que esta sí es una nave —fue la última frase que se escuchó antes de parar.

Por fin se detuvieron en el Parador Rojo. Solamente se oían quejidos y el crujir de los huesos acomodándose al estirarse después de salir de los vehículos. Algunos no tuvieron tiempo para estirarse, salieron corriendo al baño en tiempo récord, habrían podido ganar los cien metros con una facilidad única.

—Guajiro, ¿sí te puedes estirar después de andar tanto tiempo agachado en la moto? —le preguntó el Flaco, como siempre, fregando al Guajiro mientras se sentaba en una de las mesas.

—¡Hermano, yo soy un verraco, claro que sí, yo soy un verraco! —le contestó el Guajiro, mostrando los músculos mientras se sentaba.

Se sentaron y ordenaron de todo un poco. En las mesas solamente se oía el masticar y se olía el aroma a chorizos, carne frita, papa chorreada, sancochito, frijolitos con garra, arepas con huevo, mojarrita frita y bollos de yuca. Toda la comida que daría un ataque al corazón, pero a un vegetariano por la rabieta. Después de llenar sus barrigas al máximo, llegó la hora de pagar.

—Bueno, muchachos, vamos a hacer una vaca para pagar esto —dijo el Negro como buen organizador.

—Gringo, me prestas plata. Es que... tú sabes pendejo —le dijo el Flaco, como siempre quebrado y sin un peso en el bolsillo. Eso sí, comía, dormía, tomaba y hacía de todo como si los billetes le salieran por las orejas, por no decir del rabo.

—Fresco, Flaco, que yo te pago la comida —dijo el Gringo, sacando lo poquito que tenía en el bolsillo.

—Negro, ¿qué se hizo el Príncipe? —preguntó el Flaco.

—En el baño otra vez. A ese pendejo siempre le da dolor de estómago cuando vamos a pagar la cuenta —dijo el Negro, frunciendo el ceño.

—Yo solamente tengo mil, yo dos mil, yo quinientos —dijeron los muchachos sin nombre.

—Frescos que ponemos el resto —dijo el Chivo sin saber de dónde sacaría el dinero.

—¿Dónde está el Indio?, ¿ya arrancó con el Guajiro? —preguntó el Flaco, alarmado.

—¡Vamos a alcanzarlos, muchachos! —gritó el Negro, mientras se subía rápidamente al vehículo y arrancaba antes de que los otros pudieran cerrar las puertas.

Así, nuevamente cogieron carretera. Todavía faltaban unas dos horas por una carretera con más curvas que las mejores reinas del mundo, y subidas que se podía caminar al lado de las naves por la gran velocidad de veinte kilómetros por hora.

—Gringo, ¡métele segunda que vas a hacer explotar la máquina!

—Pendejos, si meto segunda no podemos pasar ese maldito camión. Me toca primeriar y con todo este peso.

Después de pasar la ciudad de Riozales y sus mujeres bellas, cogieron un camino de herradura hasta el nevado. Si la carretera pavimentada acabó con los cuerpos de los muchachos sin nombre, el camino de herradura los terminó de dañar.

—¡Gringo para, para, hay nieve! —gritó, emocionado, el Flaco.

—Ese flaco panguano, nunca ha visto nieve —dijo el Gringo, muerto de la risa.

Pararon, se bajaron y parecían niños jugando y haciendo bolas de nieve. Lógicamente estaba haciendo un frío de la madona, y como buenos costeños acostumbrados a vivir en el calor sofocante de Maliquilla, los muchachos sin nombre tenían solamente un saco como para la temperatura de una lluvia pasajera.

—¡Cuidado, aquí va uno! —gritó el Flaco antes de tirar una bola de nieve, que más parecía de hielo.

—Flaco pendejo, me pegaste en la cabeza —comentó a carcajadas el Gringo.

Siguieron el camino y por fin llegaron arriba, al chalet del nevado. Los muchachos sin nombre no podían pedir más a todos los santos por el día tan precioso y la cantidad de nieve que cubría el pico del nevado. ¡Qué vista tan espectacular!, el cielo azul y el sol reflejando sobre la blancura de la nieve, como un cuadro fantasioso pintado por Van Gogh. Los muchachos no sabían si estaban en el paraíso, pero sí sentían que estaban en la cima del mundo. Como eran unos muchachos corajudos, aventureros, sin miedo y no medían los riesgos, no había altura ni viento ni frío ni avisos de peligro que los detuvieran a pasar una tarde sabrosa juntos. No había nada que les impidiera gozar el momento. Eso creían los muchachos hasta que el Flaco comentó desesperado, mirando para todos lados:

—Muchachos, ¿donde está el Negro? ¡Se nos perdió!

—No pendejo, ese Negro resultó flojo. Como buen negro, miedoso y flojo para el frío. Ya no es negro porque se volvió verde de lo mareado que está —dijo el Príncipe, muerto de la risa.

—¿Dónde esta ese Negro flojo? —gritó el Guajiro.

—Adentro, en la cabaña, acostado con la Negrita, consintiéndose. Como que le están dando aguapanelita para revivirlo. Sinceramente, estos negros son muy flojos para el frío —dijo el Chivo, con una risa que no podía contener.

—No, no, es la altura, es la altura —se defendió el Negro con voz de mareado.

El Negro se quedó acostado todo el tiempo, mientras que los valientes se dedicaron a hacer de todo y a gozar la vida, eso sí con un fuerte dolor de cabeza por la altura. Los montañistas, el Indio y el Guajiro, cogieron rumbo hacia la cima del nevado. Se veían como los mejores escaladores del mundo, pero en *blue jeans*, tenis, con sacos de lana y un gorro con más huecos que la autopista que atravesaba Maliquilla. Los montañistas sin equipo subían con orgullo y cansados desde que empezaron, pero con un espíritu emprendedor que hacía ver pendejos a los conquistadores del Everest.

Los más flojos subieron un poco nada más, a gozar de la nieve.

—Flaco, ¿esos no son unos cartones? ¡Podemos deslizarnos en ellos! Ve por ellos, es que tengo mucho dolor de cabeza —dijo, emocionado, el Gringo.

—Este Gringo flojo —dijo el Flaco, mientras cogía los cartones.

El Gringo y el Flaco parecían niños en la escuela materna. Luego de llegar arriba extendieron los cartones y, ahogados por la altura, se sentaron en ellos para deslizarse.

—¡Flaco, Flaco, hazte adelante y guía! Yo me hago atrás para dar más velocidad con mi peso —dijo el Gringo, mientras se acomodaba en el cartón.

Empezaron a deslizarse a tal velocidad que solamente se veía salir nieve por los lados. Se oyeron gritos de felicidad, o mejor, gritos nerviosos porque estaban aterrados del susto.

—¡Flaco frena, frena que vamos a darnos contra esas rocas, frena! —gritó desesperadamente el Gringo.

—¿¡Cómo hago, Gringo, cómo hago!? —exclamó el Flaco sin tener idea de qué hacer.

—¡Mete las piernas en la nieve, mete las piernas! —gritó frenéticamente el Gringo.

El Flaco puso sus dos piernas largas y huesudas a frenar el cartón. Solamente se vio un nubarrón de nieve por todos lados. Al rato se vio el cartón deslizándose solo por la montaña hasta llegar abajo. El Flaco y el Gringo se desaparecieron del mapa, no se veían por ningún lado.

—Flaco pendejo, solamente se te ve la cabeza, estás enterrado hasta la coronilla, se ve que frenaste bien. Con esas piernas huesudas, nos hiciste frenar en seco y salimos volando. Somos afortunados gracias a que la nieve es blandita —le dijo el Gringo, mientras se retorcía de la risa.

—¡Vamos a hacerlo nuevamente, vamos! —le gritó el Gringo al Flaco.

Como niños, muertos de la risa, subían y bajaban una y otra vez la montaña, gozando con una simple caja de cartón que hacía que los trineos más costosos se vieran como una basura a su lado. Una y otra vez, arriba y abajo, hasta que se pusieron azules. No podían mover los dedos del frío, y tenían tanta nieve entre los pantalones que se les volvieron las pelotas unas uvas pasas.

No había poder humano que les impidiera gozar ese momento tan especial. Era un grupo de muchachos adolescentes, pero actuando como niños gozando la vida. En el fondo sabían que nunca se repetiría una oportunidad así, de pasar un tiempo tan sabroso juntos. Sabían que ese era un momento único en sus vidas, si no lo aprovechaban ahora no iban a poder regresar el tiempo. No pensaban en el futuro; el futuro era el presente y había que gozar al máximo la vida.

Los escaladores conquistaron la cima, el Flaco y el Gringo se deslizaron una y otra vez, y al Negro, ni la aguapanela lo hizo revivir. Al entrar la tarde, y después de gozar unas horas que parecían una eternidad por tanta felicidad, los muchachos entraron a la cabaña a tomar una aguapanela caliente con queso y hacerse al lado de la fogata para calentar sus extremidades. Luego, cuando el Negro estaba menos verde, se subieron a las naves para regresar a Maliquilla.

Cuando empezaron a coger el camino de regreso, los muchachos miraron atrás y vieron el atardecer tan bello y el sol radiante que hacía que la nieve blanca se volviera roja. Una belleza espectacular, de nunca olvidar. Con el abrir y cerrar de los ojos, los muchachos parecían unas cámaras fotográficas dejando estampado en su memoria otro día de gozo y de aventura. Cuando todos voltearon nuevamente quedaron mirando al frente, pensativos, sin intercambiar palabra. Sabían, en el fondo de sus corazones, que era un momento que nunca se iba a repetir.

El silencio era tal durante todo el camino de regreso a Maliquilla, que los monjes enclaustrados no podían igualarlo. Cuando llegaron a la casa del Negro se despidieron, pero no con el mismo ánimo como cuando se encontraron para iniciar el paseo. Cada uno cogió rumbo a su casa para seguir las actividades normales y prepararse para el siguiente día, un nuevo día de responsabilidad y estudio, si se podía decir responsabilidad. Aunque estaban un poco tristes porque se les acabó la diversión, sentían en sus corazones una felicidad muy difícil de describir porque había que sentirla.

Al despedirse, el Gringo le dijo al Flaco:

—Flaco, mañana te recojo a la misma hora, pero no quiero encontrarte dormido y llegar tarde a clases.

IV
Amaru,
frescura celestial

---◻---

Y éste es mi mandamiento:
que se amen los unos a los otros, como yo los he amado.
Nadie tiene amor más grande que el que da la vida por sus amigos.
Juan 15:12-13 2.

Es increíble cómo un ambiente puede cambiar intempestivamente con la llegada de unos cuantos viejos artríticos, arrugados y encorvados; eso sí, todos con un corazón más fuerte que un toro de lidia. Como lo expresaría el filósofo Príncipe, habla paja: "Un social environment transformation". Así cambió el ambiente del pequeño cuarto de paredes blancas acabadas, sin vida, descalichadas, donde don Tonino estaba acostado, en el hospital de Maliquilla. En un dos por tres, el pequeño cuarto se transformó en un gran salón, en un *penthouse*, pero no como de revista, porque no había ninguna mujer sino unos cuántos viejos decrépitos y de vez en cuando la enfermera sargenta que parecía más de una revista de horror. Las paredes blancas ahora se veían de colores vivos y se movían hacia atrás. El cuarto se ampliaba y se llenaba de vida en todos sus rincones por la energía de los viejos. Pero más que todo por los recuerdos que en forma desorganizada salían de los viejos amigos que vinieron a acompañar a don Tonino, o mejor, a fregarle la poca vida que le quedaba. El cuarto se llenaba de vida de unos muchachos sin nombre que se resistían a dejar morir las aventuras y las locuras de su pasado, aunque casi no podían ni caminar ni hablar ni nada de nada. Los viejos se transformaban en los muchachos sin nombre al mismo tiempo que el cuarto.

—Flaco, ¿recuerdas cuando te comiste el hongo y veías todo al revés? —le preguntó don Tonino, moviendo su cabeza lentamente para poder observar al Flaco.

—Ese Flaco pendejo creyó que se estaba comiendo un champiñón silvestre —dijo el Negro.

—Realmente y sinceramente creo que el Flaco se comió un ejemplar de la familia de los "honguitis alucinogenus", descubierto por el nobel de Biología en el año 1962, único ejemplar de las zonas boscosas a ciertas alturas exclusivas... —empezó a decir el Príncipe, con su verbo científico pajudo.

—Deja de hablar tanta paja, Príncipe, el Flaco se comió el hongo porque quiso enloquecerse no más, y viajar a donde muchos no han viajado —dijo el Negro, mostrando sus dientes blancos, que hasta el momento no se sabía si era una caja de dientes.

Así empezó una nueva discusión entre los viejos, en la habitación del hospital transformado, pero en los sueños. Nuevamente volvieron atrás en el tiempo, a tiempos inmemoriales, para recordar otra anécdota de los muchachos sin nombre.

Los muchachos sin nombre estaban destinados a una aventura más. Un viernes por la noche, como siempre, estaban en el bar sin nombre, que era la oficina, a ritmo del rock, la cumbia, la salsa, la bulla, los gritos, el reír, el humo de los cigarrillos, sin saber si eran cigarrillos o algo más, estaban pegados el uno al otro por el limitado espacio, hablando a gritos porque nadie podía hablar normal o tener una conversación filosófica o tertuliar. Había que gritar y en cada grito, de cinco palabras cuatro eran de la jerga juvenil que solo la entendían los muchachos, sin contar las palabras consideradas obscenas que nadie paraba bolas porque eran normales. Se veía pasar por la mesa una cerveza fría o una caneca, y se hacían brindis por cualquier cosa. Siempre había motivo para tomarse unos traguitos, que bajaban con una facilidad increíble por su garganta. Pero realmente, los muchachos no tenían garganta sino un callo durísimo por el continuo chupar del dulce alcohol de la caña de azúcar.

Seguían las conversaciones, especialmente de mujeres porque nadie quería hablar de política, de fútbol o de filosofía, o peor aún, de las clases de química, de física o de dibujo. Quién quería quemar las pocas neuronas que tenían en ese momento en temas que no incitaban la mente con pensamientos maliciosos.

A altas horas de la madrugada, todavía con espacio para la otra caneca, el Gringo, sin pensar que al abrir su boca se iba a desarrollar una historia que terminaría en una anécdota más de la inseparable banda de muchachos sin nombre, les mencionó inocentemente:

—¡Pendejos, tengo que ir a la finca por Papayal a chequearla! ¡Si no voy, mi padre me mata! Hace tiempo nadie va a echarle un vistazo. Me toca madrugar. ¡No friegue!, ya son las tres de la mañana y debo salir por lo menos a las siete para estar allá a mediodía. Bueno, muchachos, me voy.

—Tú no te vas de aquí hasta que no te tomes el último trago —dijo el Negro, ya con cara de blanco de la borrachera.

—¡Flaco pendejo, sírvele un trago! —le gritó el Indio al Flaco que estaba subiendo los asientos de las mesas al lado porque era momento de cerrar.

—Príncipe, no te hagas el dormido porque la cuenta ya viene —le dijo el Gringo.

El Negro vio la oportunidad de otro paseo. Como que en los primeros semestres de la universidad había más tiempo para los paseos que para el estudio. El verbo estudiar tampoco estaba en el vocabulario de los muchachos. Expresiones como, chancuco, ósmosis, ponga mi nombre, ya me lo sé, qué fácil, qué pereza los libros, sí estaban en la jerga de los muchachos.

Al Gringo le entró una de sus rabietas de siempre por el desespero. Mandó a todos al carajo y dijo que se iba, cuando el Negro lanzó su brillantísima idea:

—Muchachos, hay paseo mañana, o mejor, más tarde, a la finca del Gringo.

Cuando se oyó decir paseo, hasta el más borracho se levantó en una rectitud y formación como si fuera un desfile militar. Todos estaban listos para escuchar el plan. Querían saber dónde era la siguiente aventura y dónde iban a terminar los muchachos de acero, los muchachos sin nombre.

—Príncipe pendejo, levántese, ya se pagó la cuenta —gritó el Gringo en el oído del Príncipe, que no movía ni una pestaña por la borrachera, o por hacerse el loco.

—Gringo, ¿verdad que nos vamos para la finca? –preguntó el Príncipe, mientras se levantaba con los ojos bien abiertos.

—Este Príncipe, para oír de paseos sí tiene oídos, pero para pagar la cuenta se hace el sordo —dijo el Gringo.

En el momento de irse a descansar, o a dormir la rasca, se inició una intensa conversación sobre el paseo a la finca, querían ir bien acompañados por unas jugosas y frías cervecitas para el guayabo.

Unas horas más tarde, los intrépidos Negro, Príncipe, Flaco, Guajiro, Chino y Gringo estaban reunidos en el lugar de siempre para empezar otro paseo de nunca olvidar.

Los muchachos iban en tres jeeps. El Suzuki café del Gringo era tan brincón que era más cómodo andar en mula o en un carro sin amortiguadores. En este vehículo se montaron el Gringo, el Flaco y el Príncipe. El otro vehículo era el Nissan zapote, ¡qué color tan horrible para los guayabos!, con el intrépido chofer del Guajiro, que era imparable. El Chino acompañó al Guajiro, como siempre. Parecían *partners* porque eran inseparables. El último era el jeep del Negro, el diablo de color rojo y negro que hacía maravillas con el audaz chofer que tenía. La finca a donde iban los muchachos era un paraíso celestial que se llamaba Amaru. A la hermana mayor del Gringo se le ocurrió llamar la finca así por el gran cacique Túpac Amaru. No se sabe por qué y realmente en ese momento a nadie le importaba un carajo quién era ese indio. El nombre le daba una grandeza como de una encomienda real a la finquita de cuatro o cinco plazas.

Amaru era un nombre impactante, lleno de vida, le daba notoriedad a esta pequeña finca rodeada de los paisajes y la topografía más bella que irradiaba un sentido de frescura, historia, sudor, sufrimiento y alegría. La finca quedaba en las altas montañas de la cordillera Central, a unas dos horas de la ciudad de Papayal, a cuatro horas de Maliquilla por un camino de trocha lleno de huecos. Cada vez que iban, la primera pregunta que se venía a la mente era: "¿Cuándo van a pasar la maldita niveladora?". Sin embargo, era un camino tranquilo con una vista espectacular. A ambos costados se veía mucha naturaleza. Había fincas de todos los tamaños, desde las parcelas pequeñas con su casa de baha-reque hasta las haciendas grandes con los establos para los caballos de paso. Era muy pintoresco el campo con los diferentes colores dependiendo del tipo de cultivo. Lo más rico era sentir el viento fresco por la ventana del vehículo, azotando la cara y dando una sensación de libertad como si estuvieran volan-do al infinito.

Los muchachos sin nombre ya habían cogido la carretera destapada a la finca, luego de un viaje ameno por la pavimentada.

—Gringo pendejo, cierra esa ventana que me estoy congelando acá atrás —dijo el Príncipe.

—¡Gringo, ve más despacio que me estoy quedando sin riñones por esta brincadera, recuerda que no llevas ganado acá atrás! —exclamó el Flaco.

Iban subiendo por la montaña y alejándose de la civilización, como si fueran tan civilizados para que les hiciera falta. Cada curva los llevaba a otra curva y a otra y otra.

—Gringo, ¿cuándo vamos a llegar?, porque me estoy mareando. ¡Qué guayabo tan tenaz y tú metiéndote por estos huecos y cogiendo las curvas como si estuvieras en una carrera de Fórmula Uno! —dijo el Príncipe con la mano en cabeza y con la cara de otro color.

Durante casi todo el camino a la finca, el Flaco se quedó dormido en la parte de atrás del Suzuki café brincón.

—Príncipe, el Flaco se quedó dormido en esta carretera que por tantos huecos parece que hubiera sido bombardeada —dijo el Gringo, sorprendido.

—Gringo, métele la pata y coge todos los huecos para despertar al Flaco —le dijo el Príncipe, muerto de la risa.

El Gringo, sin pensarlo dos veces, le hundió la chancla al Suzuki, que no llegaba a más de 60 kilómetros por hora. Se metió en todos los huecos que hasta el chofer y el pasajero se golpeaban mutuamente. Los cuerpos se movían de un lado al otro, como si estuvieran en una tormenta en alta mar.

—¡Mierda, me pegué en la cabeza! —dijo el Príncipe—. Pero no importa, dale duro.

Por el espejo retrovisor se veía al Flaco como un muñeco dando tumbos. Se caía al piso, se retorcía, se flexionaba, se azotaba contra las ventanas, el piso y los asientos.

—Mérmale ya Gringo, que con esto ese Flaco se va a arrepentir de dormir en un Suzuki —dijo el Príncipe.

El Gringo mermó la velocidad y en una esquina, donde había una tiendita, paró, lógicamente para tomar la gaseosita que siempre faltaba y un guarito para acompañarla. El Príncipe y el Gringo estaban muertos de la risa, se bajaron y abrieron la puerta de atrás esperando oír los gritos del Flaco, por no decir los madrazos. Para sorpresa del Príncipe y del Gringo, el Flaco pendejo estaba en posición de feto muy dormido en el piso del jeep.

—A este Flaco pendejo no lo despierta ni el Espíritu Santo, ¡qué cosa con este Flaco! —exclamó el Príncipe.

—Dejemos dormir al Flaco pendejo. Vamos a tomarnos una Colombiana con un guaro y sigamos el camino —dijo el Gringo.

Así, los intrépidos siguieron el camino como si nada hubiera pasado con el hombre maravilla del Flaco, que seguro podía ganar el premio de Ripley por el más dormilón. El Gringo y el Príncipe continuaban charlando y estaban toteados de la risa por las barbaridades que decían. Eran momentos únicos e inolvidables, de unión, amistad y tranquilidad.

La finca quedaba al final de un camino y había que desviarse en la entrada. Se pasaba la finca tienda, luego la finca de don Pepe, para luego llegar a Amaru. Como no había carretera hasta la entrada de la casa, tenían que parquear los jeeps a un lado del camino para dejar pasar a los vecinos de apellido Callazos, que era la última finca. Ese día del paseo, para rematar, estaba lloviendo. La entrada, que era empinada, estaba resbalosa y llena de barro, estaba casi intransitable.

Como siempre, el Gringo se metió primero con el brincocito. En mitad de camino se quedó en un charco lleno de barro. El audaz chofer le hacía de todo: le metía la segunda, la doble, y lo único que hacía era empeorar la situación y hundirse más. Se hundieron en el charco por el excesivo peso, pero no era por el peso del Flaco, sino por todos los chécheres que llevaban. Tenían ollas para el sancocho, *sleeping bags* y maletas como para un largo tiempo. También había comida para alimentar un ejército (arroz, papa, tomates, lechuga, carne, fríjoles, más arroz, papa y más fríjoles). Era perfecto para una manada de muchachos que no les pasaba por la cabeza la buena nutrición o los alimentos *low carb* para cuidarse la silueta. Toda la comida era para llenar la barriga después de todo un día de aventura, y qué más fácil que hacer arroz, papa y fríjoles, cuando ninguno era cocinero mayor.

—¡Flaco, Flaco, a bajarse y a empujar! ¡Métele unas piedras! ¡Me avisas cuándo, pero me avisas! —gritó frenético el Gringo, porque estaba a punto de enterrarse y sería un camello sacar el carro.

El Flaco, siempre con una energía exorbitante, se bajó con una frescura única, sin afanes, estirando los largos brazos flacos, como si recien se despertara de un sueño profundo. ¡Qué cosa tan rara, si era siempre así! ¡Qué hombre para dormir tanto!

—¡Flaco, pon las piedras que nos hundimos más, necesito tracción! —grito eufóricamente el Gringo.

El carro no salió del charco, ni con las piedras ni las tablas ni la fuerza bruta del Flaco, el Negro, el Chino y el Príncipe. Estaban cansados, pero no de empujar sino de chupar guaro y de hacerse los locos en lugar de empujar. A la ventana del chofer llegó el más tenaz de todos, el único, el fuerte, el invencible hombre de acero: el Guajiro.

—Gringo, fresco, yo con mi jeep te amarro y te arrastro hasta la entrada de la finca. Mi potente Nissan naranja, arregla todo —dijo el Guajiro.

Se fue el Guajiro para su máquina, prendió motores, puso la baja, segunda, no se sabe qué carajo le puso, pero pasó por el lodazal al lado de Suzuki hundido, como si estuviera pasando por un tapete rojo. Se parqueó adelante. El Guajiro se bajó y preguntó:

—¿Quién tiene una cuerda para amarrar los carros?

Todos los muchachos se miraron como unos venados alumbrados.

—¿Cuerda para qué? —preguntó el Negro.

—¡Bruto, para jalar el carro! —gritó el Guajiro.

—No tenemos ninguna cuerda. Flaco, ve a esa casa allá abajo que es una tienda y pregunta si tienen una cuerda que nos presten, ¡pero rapidito! ¡Acompáñalo Negrito, para que se apure! —dijo el Gringo.

Pasaron diez minutos, una hora, dos horas y nada que llegaban el Flaco y el Negro. Ya se estaba oscureciendo y las nubes se hacían más negras. Se veía venir una tempestad que podía empeorar la sacada del vehículo.

—Voy a ver qué le pasa a ese par de pendejos —dijo el Gringo.

Todos decidieron dejar los carros para ir a la tiendita. Cuando llegaron, para su sorpresa, sin contar realmente que no era sorpresa sino un estado normal de vivir el momento, el Flaco y el Negro estaban muy tranquilos y felices sentados en un muro escuchando una música raspa y tomando aguardiente local bien anisado. No era la primera botellita, porque había como tres en el muro.

—Flaco y Negro pendejos, tomando mientras que nosotros los esperábamos —les reclamó el Gringo.

—Deja de fregar Gringo y ven a tomarte un guaro —le dijo el Flaco.

—Unito porque hay que sacar el carro esta noche para seguir el camino —les contestó el Gringo.

Como siempre, el unito seguía en dositos, luego en unos cuanticos que terminaban en una mesa llena de botellas vacías.

Eran las doce de la noche, el potente Suzuki seguía hundido en el barro y el Nissan naranja esperando la cuerda. Los intrépidos amigos hablaban, cantaban y bailaban con las campesinas. Se volvieron íntimos amigos de los campesinos. Lloraban y decían barbaridades como:

—Yo amo mucho a la Cieguita, ese Mandi pendejo me la quitó —dijo el Guajiro llorando.

—Guajiro cabrón, por ser hombre decente te la quitaron —le respondió el Negro.

—Ojo Negro, que yo soy hombre de acero y te hago el nudo en la nuca —replicó el Guajiro.

—Gringo, esa campesina se ve como buena y tiene una boquita sabrosa. De pronto me la levanto para echarme un polvito —dijo el Flaco.

—Flaco, no sé si estoy borracho o si estoy viendo mal, pero parece que le faltan los dientes de adelante —le contestó el Gringo.

—No importa, así entra y sale más suave —dijo el Flaco.

—Ese Flaco se come hasta la perrita de la casa —dijeron varios entre carcajadas.

Qué momento de felicidad, sin preocupaciones, los carros tirados pero el espíritu levantado. Tenían los ánimos bien subidos. Solamente se oían los gritos, las lloradas, las peleas, los abrazos, la chocada de manos, las sonrisas, las miradas perdidas en el espacio sin tiempo. La tierra no giraba para este grupo. Las estrellas no se movían y el tiempo se quedó estático. El mundo no avanzaba, pero la energía era algo extraordinario, era una energía difícil de medir. Era la energía del aguardiente anisado que transpiraba por los poros de los muchachos.

—Muchachos, un brindis, un guarito más para esta noche. ¡Qué friega, mañana sacamos esos carros y seguimos el paseo! —dijo el Negro.

—Tengo hambre, ¿qué vamos a comer? —preguntó el Gringo.

—Gringo pendejo, deja de pensar solo en comida y tómate otro. Esa campesina está buena —insistía el Flaco.

—Se quedó dormido el Príncipe otra vez, ¡qué verraco para quedarse dormido cuando hay que pagar la cuenta! —dijeron varios del combo.

Aunque el tiempo parecía haberse detenido, por las montañas salían los rayos de sol, alumbrando la belleza de la cordillera. Se veía cómo se iluminaban los potreros con sus verdes de diferentes tonos. Los animales iniciaban su rutina diaria y los campesinos salían a atender sus animales y sus cultivos. También se veía un grupo de amigos dormidos, tirados en lo que fuera. Los campesinos que llegaban a la tienda para tomar el cafecito, miraban con estupor, pero no intentaban despertarlos.

El Gringo se levantó con el olor a café fresco, lentamente y estirando todos los músculos de su cuerpo.

—Huele a unos periquitos, un cafecito sabroso y pancito de horno con quesito blanco —dijo el Gringo todavía con los ojos cerrados, pero con un instinto de saber que había comida cerca.

—¡Despiértense muchachos, vamos a comer sabroso! —exclamó el Gringo.

Antes de llegar a Amaru pasaron por una casa donde vivían unos campesinos viejitos con su familia. La señora todos los días hacía pan en el horno de leña. En esas montañas, en pleno siglo xx, todavía no había energía en las casas de bahareque. Los campesinos usaban leña y carbón para cocinar. Los hornos de pan eran hechos completamente con barro. Tenían una entrada y una salida pequeña al otro costado para conservar el calor interno. Se alimentaba con leña y se mantenía un calor estable.

El trayecto de la tienda a la casa de los viejitos era menos de un kilómetro, pero con el guayabo tan alborotado parecía como si estuvieran caminando más de cien kilómetros por el desierto del Sahara. Los muchachos tenían sus lenguas afuera, completamente secas, pero no por la falta de agua, sino por el aguardiente que estaban sudando por todo su cuerpo. Pasaron por los carros todavía hundidos y nadie los miró porque no tenían alientos para tratar de sacarlos, ni el Guajiro, el hombre de acero. Por fin llegaron a la casa de los viejitos, arrastrando los pies, sudando la gota fría y con la mirada perdida.

—No doy más, no doy más, me duele hasta el alma y tengo una sequedad completa. Me muero, me muero… agua, agua… —dijo el Flaco, haciendo el último esfuerzo para sentarse en la banca de madera en el porche de la casa.

—Ese Flaco sí es muy flojo. ¡Qué verraco tan quejetas! Eso sí, para tomar aguardiente no se quejaba —dijo el Negro—. ¿Sí o no, mi Chino calvo?

—Claro que sí —le respondió el Chino, riéndose.

—Me huele a pan fresco, ¡qué delicia! —dijo el Gringo con un entusiasmo único—. Esto es un sueño, estoy en el paraíso. ¿Será que ya me tocó el turno? ¿Estoy muerto? ¡Qué va!, ¡qué rico ese olor al pan! —continuó hablando frenéticamente el Gringo.

—¡Ese Gringo sí es un muerto de hambre! —exclamó el Príncipe, mientras llegaba a la banca a sentarse a descansar—. Parece que nunca hubiera comido en su vida.

—Me huele a pan fresco. ¿Estoy vivo? ¿Estoy muerto y llegué al paraíso? —seguía fregando el Gringo.

—Parece que se intoxicó ese Gringo, o mejor dicho, nos toca darle otro aguardiente para tranquilizarlo —dijo el Negro.

El par de viejitos salieron a recibirlos, como siempre, con una alegría única. Es increíble cómo es la humanidad, mientras en el mundo los hombres están llenos de envidia, de orgullo, de rencor y matándose los unos a los otros por pendejadas, en estas montañas lejanas que parecían un mundo perdido dentro del mundo actual, había gente que no tenía nada, pero estaba dispuesta a ayudar a unos muchachos sin nombre. Era gente sencilla pero con un corazón enorme. ¿Cómo fuera el mundo si toda la gente actuara como estos campesinos? Sería un mundo diferente, un mundo alegre, un mundo vivible.

—Hola muchachos, veo que los carros se atrancaron —dijo la viejita sonriéndose sin casi ningún diente de adelante—. Imagino que están un poco trasnochados porque se oía la música de la tienda bien tarde en la noche —continuó la viejita.

—¡Sigan no más, sigan no más! —les dijo la viejita, mientras abría la puerta—. Tengo pan recién hecho con unos huevitos frescos, quesito, aguapanela fría y cafecito con leche. ¡Sigan no más y nos cuentan sobre el viaje! Mi marido está cogiendo las cuerdas para ayudar a sacar los carros. ¡Sigan no más! —insistía la viejita, mientras caminaba hasta la parte de atrás de su rancho.

—Sinceramente estamos en el paraíso, estamos en el paraíso —repetía el Gringo.

Los muchachos se sentaron en la mesa y comieron como si no lo hubieran hecho en mucho tiempo. Devoraron todo lo que pasaba al frente, un pan, dos panes, diez panes.

No sabían lo afortunados que eran de comer el sabroso pan caliente con leche recién ordeñada de las vacas de la casa; también por comer el queso cuajada hecho por los mismos campesinos, y unos huevitos revueltos que cogían directamente de las gallinas que rondaban por la casa. Los muchachos se sentían en el paraíso con tanta comida fresca. No había comparación con ningún restaurante cinco estrellas. Ni los mejores chefs del mundo podían darle el mismo sabor al pan y a la comida fresca que tenían los muchachos frente a ellos.

—¡Chino, deja algo, deja algo, no te comas todo! —le reclamó el Negro.

—Príncipe, deja de meter los panes en el bolsillo, son para todos —dijo el Flaco que también metía panes a su bolsillo calladamente.

Parecía un festín de la época de los vikingos. Comían salvajemente. Lo único que pensaban los muchachos era llenar su barriga porque el guayabo era tremendo. Los panes volaban, se pasaban las tazas, los platos quedaban vacíos. No quedó nada en la mesa, ni una migaja para las gallinas.

—Ahora tengo un sueño el verraco. Caería bien una siestecita ahora —dijo el Flaco, estirando sus flacas piernas y sobándose la barriga.

—Ese Flaco siempre pensando en dormir. Deja la pendejada que tenemos que sacar los carros —repuso con voz de mando el Guajiro.

Con la mesa vacía, las barrigas llenas y con el viento fresco soplando las caras, hubo un momento de silencio. Un momento en que todo se detuvo, se paralizó la vida. Un momento de tranquilidad. Algunos muchachos se miraban unos a los otros. Otros pensaban, mirando las nubes en el cielo, que corrían como perseguidas por los dioses. Solamente se oía de vez en cuando el gallo o uno que otro ruido. Eran solo unos minutos, pero parecía una eternidad. Habían empezado otra mañana sin pensar en nada, sin tener un plan, sin mirar hacia delante o hacia atrás. Estaban viviendo un momento de alegría total, con sus barrigas llenas de comida fresca. Era un momento estancado en la vida de unas cuantas almas perdidas. Almas llenas de vida pero sin vida, porque no avanzaban. Unas almas que harían lo que fuera para compartir unos momentos de felicidad y aventura, siempre juntos.

—Estamos en el paraíso, estamos en el paraíso —seguía repitiendo el Gringo, mientras miraba el cielo.

—Deja la pendejada, Gringo —dijo el Guajiro—. Muchachos, es hora de levantarnos a sacar esos carros. Miren esas nubes negras. Ni por el diablo me quiero mojar, ¡qué frío tan verraco! —exclamó el Guajiro, levantándose de la mesa—. ¡Vamos, vamos perezosos, manada de holgazanes!

—Este Guajiro se considera todo un general de la República, para saber que era un soldado raso —dijo el Negro, levantándose de la mesa con una pereza única.

Luego de unas cuantas estiradas de piernas y brazos, y unos cuantos madrazos que no faltaban, los muchachos se fueron caminando por el sendero hacia donde estaban los carros. Se notaba que cada paso era difícil, como si todos tuvieran zapatos de acero. Mientras caminaban, había empujones, unos cuantos puños, abrazos y desnucadas del Guajiro. Se empezaba a despertar nuevamente la alegría, los ánimos para continuar en la aventura y seguir gozando el momento, juntos e inseparables.

—No caería mal un guaro con este frío tan verraco —comentó el Negro.

—Sí, sí —afirmó el Chino, sonriendo, como si hubiera ocurrido un milagro.

Se podía ver los cuerpos enderezarse, los músculos ponerse duros y los ojos abrirse. Los ánimos y la energía empezaron a incrementar como si nunca hubieran tenido guayabo o pasado por el hambre tan verraca. Como si nada hubiera pasado.

Era tanta la energía de los muchachos que cuando llegaron donde estaban los carros habrían podido arrastrarlos ellos solos.

—¿Un guarito mi Negro? —preguntó el Príncipe, pasándole la botella al Negro.

—¡Claro que sí mi Príncipe, claro que sí! —contestó el Negro con una alegría única.

—¡Salud muchachos, por la vida, pues hay que gozar cada momento como si fuera el último! ¡Salud muchachos! —gritó el Negro, mientras llevaba la botella a su boca para tomarse el primerito del día pero no el último.

Los guaros alimentaban el alma y el corazón como también aumentaban la energía; además, guardaban contra el frío tan verraco que hacía. Los muchachos se creían invencibles. Como no planeaban, iban con ropa como para una noche fresca de lluvia en Maliquilla, que no bajaba de treinta grados centígrados. No iban preparados para el frío a más de dos mil quinientos metros de altura. No les importaba, para eso estaba el buen guaro que solucionaba todo.

—Bueno, muchachos, tenemos que amarrar la cuerda en la parte de adelante del Suzuki y la parte de atrás del Nissan —dijo el Guajiro.

—¿Y cómo se hace eso, dónde se amarra y con qué nudo? —preguntó el Gringo.

—¡Este Gringo no sabe nada! Lo único que sabe hacer es enamorar a las muchachas con su habladito raro —dijo el Guajiro.

—Por lo menos enamoro a las muchachas y no a los muchachos, como tú, Guajiro —le respondió el Gringo, muerto de la risa.

—Buena esa Gringo. Como que eso fue lo único que aprendió el Guajiro en el Ejército, después de tantas bañadas con los otros soldados —exclamó el Príncipe con picardía.

—Les voy a torcer el pescuezo a ambos —dijo el Guajiro.

—Dejen la pendejada. Pásenme la cuerda que yo sé cómo amarrarlo —gritó el Negro.

El Negro cogió la cuerda y amarró como pudo los carros. Cuando ya estaba listo, gritó para que los choferes se metieran a los carros y así empezar la odisea de sacarlos del lodazal.

—¡Guajiro, suave, no vas a arrancar duro porque me vas a partir el Suzuki en dos! —gritó el Gringo.

El Guajiro como que no oyó o, como siempre, se hizo el sordo. Arrancó como si lo estuviera persiguiendo un espanto o el mismísimo diablo. Se sintió un jalón de la madona y un crujir horrible como cuando se partió en dos el Titanic.

— ¡Guajiro, para, para, no lo hagas más, para! —gritó desesperadamente el Gringo.

El Guajiro por fin se detuvo, pero luego de que al Negro le tocó casi tirarse encima de él.

El Gringo se bajó a ver qué pasaba y para su sorpresa, aunque no era sorpresa, vio que el bumper del carro estaba casi totalmente salido. No era sorpresa porque la persona quien amarró la cuerda, o sea el Negro, no sabía ni amarrarse bien los zapatos.

—¡Este Negro bruto, cómo amarras la cuerda al *bumper*! ¡Había que amarrarlo a la argolla de abajo! —gritó el Gringo, levantando las manos con desespero al ver el daño.

—Yo les dije —comentó el Guajiro.

—Fresco, mi Gringo, que eso lo arreglamos —dijo el Negro.

—No mi Negro, no tú —contestó con sarcasmo el Gringo.

—Frescos, frescos tomémonos un guarrito —el Chino les dijo a todos que estaban muertos de la risa, como siempre.

Tomaron los tragos con alegría, como si nada hubiera pasado. El Guajiro, como aprendió a hacer nudos en el Ejército, amarró los carros con unos nudos que ni Dios podía zafar.

Entre aguardiente, frío, llovizna, gritos y risas, el Guajiro siguió tratando de jalar el Suzuki y lo único que hizo fue ayudar a enterrarlo más.

—Bueno, muchachos, es hora de que vean lo que el diablo puede hacer, aunque ustedes no crean —dijo orgullosamente el Negro.

—Ese jeep con el primer jalón se va a quedar sin gasolina —comentó el Guajiro.

— Van a ver lo que hace esta belleza —dijo el Negro con su sonrisa eterna.

Se metió el Negro a su carro, le puso la doble, sino era el triple o cuádruple. El diablo de carro rojo y negro rugió como los dioses, despertando la curiosidad hasta de los insectos más pequeños. Parecía que estuvieran en otro mundo o planeta, como si fuera un carro interplanetario. El Negro arrancó entre el lodazal, se clavaba, se salía, se veía el audaz chofer girar el timón a la izquierda y luego a la derecha una vez más, con una habilidad única hasta parquear al frente del Suzuki.

—Amarren la cuerda —gritó el Negro.

El Guajiro amarró la cuerda, el Negro hundió la chancleta y el diablo rojo y negro se movía para un lado y para el otro, como un elefante jalando una carga pesada. El Suzuki empezó a salir del lodazal con mucha facilidad. Todos miraban con la boca abierta, como si estuviera ocurriendo un milagrito, estaban completamente atónitos. El Suzuki salió como si nada, deslizándose por el piso como por el hielo.

El Negro regresó para sacar el Nissan zapote y, para asombro de todos, el diablo rojo y negro lo sacó también con una facilidad increíble. Aunque ese jeep era rojo y negro como el diablo parecía más un santo. El Negro en ese momento se volvió el santo de todos. En menos de media hora los carros estaban fuera, después de casi un día sin poder hacer nada.

—Yo les dije, muchachos, que este jeep era único y que podía hacer el trabajo —dijo con orgullo el Negro.

—Negro pendejo, por qué no nos dijo ayer, hubiéramos ganado tiempo. Como se dedicó a levantar a las campesinitas en la tienda —dijo el Gringo.

Todos los muchachos miraron al Negro y al Gringo, que se miraban directamente a los ojos con seriedad, a ver qué iba a pasar. Como siempre, después de unos segundos todos soltaron carcajadas de alegría. El Negro se abrazó con el Gringo como si nada hubiera pasado. Era una aventura más, un día más de locuras, alegrías, confusiones y más que todo con soluciones salidas de la nada. Un día más de felicidad para los muchachos sin nombre.

Por fin llegaron a la finca. Tenían que parquear en la carretera y subir por una trocha entre dos bellos eucaliptos. Ese par de árboles eran viejos y emanaban un aroma que daba vida al ambiente, y mostraban al mundo la belleza de la naturaleza. En uno de los eucaliptos había una tabla de madera con el nombre Amaru quemado en ella.

Llegaron a la casa con todas las cosas que llevaban y empezaron a repartir los cuartos. La casa tenía una sala y dos cuartos principales a sus lados. En la parte de adelante, al lado izquierdo, pero afuera, aunque unido a la casa, había otro cuarto pequeño. En la parte de atrás estaba el comedor y la cocina, pero había que salir para llegar a ella. Al final estaba el único baño y, como cosa rara, también estaba afuera. Si los muchachos tenían una orinada a las tres de la mañana, tenían que levantarse con ese frío y en esa oscuridad, con una linterna o una vela, para ir al baño. Una cosa curiosa era que el pasto y las plantas cerca de la casa estaban marchitos o muertos.

Los muchachos se acomodaron como pudieron en los camarotes. Ya estaba cerrando la tarde y todos tenían un hambre de la madona luego de tanto ejercicio. Más que todo ejercicio del codo por tomar tanto aguardiente.

—Bueno, ¿quién va a cocinar? Recuerden que no hay electricidad y toca hacer todo en leña, carbón o gas —dijo el Gringo.

—¡Yo hago la ensalada! —exclamó el Flaco.

Ese Flaco sí que sabía hacer ensaladas. Era su especialidad. Cortaba las verduras y las organizaba como un chef ejecutivo de un gran restaurante.

Como el hambre era tan verraca, no faltaban las manos y los voluntarios para hacer la comida.

—Yo hago las papas —dijo el Guajiro, seguro recordando los momentos en que le tocaba pelar las papas en el Ejército.

—Yo hago el arroz —dijo el Gringo, corriendo para la cocina.

¡Qué festín que hicieron en la cocina! Un cuchillo aquí, un tenedor allá, un prender del fuego, un girar de la olla, bulla por aquí y allá, gritos, empujones, quemadas, salpicadas, ensuciadas, era una locura total. Todos corrían para un lado y para el otro. Al final, luego de tanta locura, la mesa tenía tanta comida como para alimentar un batallón. Se sentaron sin limpiarse porque con esa agua tan fría quién se lavaba. Empezaron a devorar como en los grandes festines de los reyes británicos y franceses de los siglos XIV y XV, pero sinceramente parecía más un festín de vikingos. Los platos se pasaban de un lado a otro. Era como la última cena. Todo era un espectáculo digno de filmarse para tener de recuerdo para siempre. Los platos se iban acabando, y se oían los suspiros de felicidad de las barrigas llenas. Luego de dedicarse horas a la cocina, toda la comida desapareció en diez minutos por el hambre que tenían.

—Y ahora ¿quién va a lavar todo? —preguntó inocentemente el Gringo.

El silencio fue total, como si alguien hubiera muerto. Los ojos de todos se fijaron en el Gringo, con unas miradas de caníbales que querían comérselo vivo. ¿Quién quería lavar los trastes después de semejante festín?

—Mañana le pido el favor a la vecina y le pagamos algo —dijo nerviosamente el Gringo, que estaba listo para salir corriendo a salvar su pellejo, como los conquistadores de América cuando eran atacados por los caníbales.

Todos empezaron a reír, a hablar, a fregar y la alegría llenó de nuevo el comedor como si nada hubiera pasado. Es increíble cómo ciertos momentos se olvidan en segundos.

—Bueno, muchachos, es hora de dormir porque mañana vamos de caminata por el río a buscar hongos —dijo el Negro.

—¡Hongos! —exclamó el Flaco—. Imagino que de los buenos —continuó diciendo con picardía.

—Sí, mi Flaco, y trajimos la miel para que les eches —dijo el Negro, muerto de la risa.

Uno a uno los muchachos se levantaron de la mesa para ir a los cuartos. Todos seguían hablando, haciendo comentarios, pegándose el uno al otro, bostezando, riendo, viviendo el momento de alegría y de la amistad sincera. Eran los últimos momentos del día y todos estaban listos para ir a sus aposentos a descansar, porque sabían que mañana sería otro día de aventura. Un nuevo día para compartir momentos de nunca olvidar.

—Flaco, no te vas a tirar pedos o a fregar que tengo un sueño el verraco —comentó el Gringo.

—Chino, no vas a roncar —dijo el Negro.

—Negro, no vas a empezar a tocarle el culito a todos —dijo el Guajiro.

—¿Quién quiere un guarito? —preguntó el Chino, como siempre, muerto de la risa.

—Chino, deja de tomar, es hora de dormir —gritaron todos a la vez.

Se apagaron las velas. La oscuridad era total. No se veía nada, pero las almas de los muchachos flotaban y estaban encendidas con una luz brillante como un foco de energía, energía para un nuevo día.

Como a la hora, se oyó un grito el tremendo.

—¡Pendejos, aquí hay espíritus, porque sentí que alguien me tocó los pies y jalaron la cobija! —gritó el Flaco con la voz entrecortada por el miedo.

—Flaco, ¿por qué me despiertas? ¿Será el espíritu de la mujer que te comiste ayer? ¡No me friegues! —dijo el Guajiro.

A un lado del cuarto se oía una risotada. Al principio trataron de controlarla, pero luego no pudieron y se oyó una carcajada fuertísima.

El Gringo prendió una vela. Sentados en la cama de al frente estaban el Negro y el Príncipe muertos de la risa. Los pendejos aprovecharon la oscuridad para asustar al Flaco. Lo peor de todo era que con todo ese alboroto, el Chino seguía dormido como un bebecito recién nacido. Luego de unos puños, madrazos, gritos, chistes y mamadera de gallo, se volvieron a acostar.

Bien temprano por la mañana, se oyó un gallo cacarear. Parecía más un batallón de gallos cacareando al mismo tiempo en el cuarto donde dormían. Con tanta bullaranga ¿quién podía seguir durmiendo? Se levantaron, desperezándose, estirando hasta lo que no tenían. El único que seguía dormido era el Flaco, con la boca y los ojos abiertos que parecía un muerto. Lo primero que pensaban los muchachos a tempranas horas de la mañana era hacer maldades. El Negro cogió una jarra llena de agua que estaba cerca de la puerta. Se esperaba que fuera agua porque seguramente más de uno por pereza de ir al baño se orinó en la jarra para no morirse del frío. Vaciaron el jarrón de agua encima del Flaco. Es increíble lo que pasó: el Flaco seguía dormido. Tocó echarle como tres jarradas de agua para que el Flaco se despertara, siempre con sus lagañas verdes.

—¡Pendejos, déjenme dormir! —exclamó el Flaco—. Como que huele a pipí. Alguien se orinó en la cama —continuó el Flaco, confundido, mientras se levantaba lentamente y se sacudía el agua de la cara.

—Este Flaco puede dormir con un tsunami o una creciente del río. ¡Qué verraco para ser tan dormilón! —dijo el Gringo, muerto de la risa.

—Bueno, ¿qué hay para desayunar? —dijo el Chino, levantándose como si nada hubiera pasado.

—Bueno, mi Chino, ¿por qué no empiezas la mañana con un guarito? —dijo el Príncipe.

—¡Claro que sí, claro que sí! —exclamó el Chino, mientras cogía la botella de aguardiente.

Pasaron varias horas antes de que se organizaran para desayunar. Afortunadamente, la señora vecina mandó a uno de sus hijos con bastante pan, quesito sabroso, huevitos frescos de las pobres gallinas (ya se sabía por qué los gallos cantaban tanto) y leche como para alimentar a un batallón. A los muchachos solamente les tocó calentar el agua para el café y nuevamente se sentaron a darse un banquete de desayuno.

Luego de un buen desayuno combinado con guarito entre los bocados, emprendieron la caminata a buscar los famosos hongos. Era una mañana espectacular con el cielo completamente azul. Se veían las bellas montañas, con sus parcelas de mil colores que admiraba hasta el más ciego. Los muchachos caminaron por un potrero, por otro, entre una cerca y otra. Parecían magos al pasar las cercas de alambre de púas. Casi todos tenían rayones en los brazos y en las piernas, y la ropa estaba rajada por el alambre. No sentían nada por el frío tan verraco y más que todo por el aguardiente. Al entrar en un potrero, donde había varias vacas, los muchachos estaban muy cansados, parecía que hubieran caminado días enteros por senderos desconocidos, para saber que solamente habían avanzado unos cuantos lotes en la finca vecina. En la mitad del potrero había una piedra enorme.

—Vamos a subir la piedra para descansar —les dijo el Negro a todos.

Como estaban tan cansados por la caminata, más el guayabo y la llenura del desayuno, subieron a la roca y se tendieron sobre ella a descansar. No se oía nada de bulla alrededor. Poco a poco cada uno iba quedándose dormido hasta que todos se profundizaron en un trance mágico. La roca solida parecía un hotel cinco estrellas con camas suaves, almohadas de plumas, paredes contra ruidos y temperatura controlada para que todos pudieran quedarse profundos. Ni la brisa fría ni la roca dura ni el mugir del ganado y los demás ruidos de la naturaleza podían despertarlos. No se sabe cuánto tiempo transcurrió. Parecía una eternidad, como si todos se hubieran comido la manzana de Blanca Nieves.

El primero en despertarse fue el Negro, que era el único que sentía frío, pero no porque no estuviera bien abrigado, sino porque era flojo para el frío, como buen negro. Se levantó con una pereza única, estirando los largos brazos, cuando de pronto se quedó congelado mirando al frente, como si hubiera visto un espanto. De un momento a otro empezó a decir en voz baja:

—Muchachos, muchachos, levántense, miren, estamos rodeados, estamos rodeados.

Los muchachos se levantaron asustadísimos, pensando que estaban rodeados por guerrilleros con armas apuntándoles. En ese tiempo la guerrilla empezaba a frecuentar esa zona. Pensaban que allí se les acababa la vida, que no iban a regresar más a Maliquilla y que no volverían a ver a su familia. Más que todo pensaban que no beberían más aguardiente ni conquistarían a las muchachas. Muchas cosas pasaron por sus mentes en esos pocos segundos, luego del comentario del Negro. Cado uno se fue despertando de la imaginación grandiosa que tenían y empezaron a reírse a carcajadas porque no estaban rodeados por bandoleros, guerrilleros, matones, extraterrestres o caníbales, sino por unos cuantos toretes tipo pardo que miraban con curiosidad lo que hacían esos pendejos acostados en una roca. ¡Qué forma de reír de los muchachos! Inconscientemente, o mejor, conscientemente, empezaron a mamarle gallo al Negro, diciéndole todas las bestialidades habidas y por haber. El Negro lo único que hacía era morirse de la risa. Un momento después se oyó una voz en la otra parte de la roca:

—Pendejos, ¿qué pasa, por qué tanta bulla?, me despertaron y no me dejaron dormir.

Era el Flaco que subía a la cima de la roca limpiándose los ojos porque recién despertaba. El pendejo del Flaco no se dio cuenta de nada de lo que pasó con los toretes.

Cualquiera diría que los muchachos eran hombres corajudos y valientes. Se quedaron más de una hora discutiendo, como si fueran políticos, sobre cómo iban a espantar a los toretes, mientras que los toretes los seguían mirando con ojos de asombro sin entender qué hacían esos pendejos en la roca.

Luego de un intenso debate, el Negro decidió volverse torero. Cogió la chaqueta, se bajó de la roca y salió corriendo, mientras movía la chaqueta de un lado para el otro. Los toretes, asombrados, no sabían qué hacer. Luego de unos segundos, todos los toretes salieron corriendo detrás del loco que movía la chaqueta frenéticamente. El Negro corrió como si fuera un chita, no porque fuera buen corredor, sino para salvar su pellejo de una corneada dolorosa. Al mismo tiempo, los otros se lanzaron de la roca y corrieron en sentido contrario para también salirse de la situación. Alcanzaron una cerca. Casi todos se volvieron profesionales en salto alto. Sin darse cuenta, y ni se imaginaban qué iba pasar, estaban todos al otro lado de la cerca sin recordar cómo llegaron allá. Al poco rato vieron al Negro caminando por el otro lado del potrero, con la chaqueta puesta, en una calma total como si nada hubiera ocurrido. Pero no era una calma total, el Negro estaba tan mamado de la corrida que casi no podía desplazarse por el dolor en las piernas. Afortunadamente, le había cogido ventaja a los toretes y pudo saltar la cerca antes de ser corneado.

—Negro pendejo, no sabía que podías correr los cien metros en menos de ocho segundos —exclamó el Guajiro con voz de asombro, por no decir voz de mamar gallo.

—Es que todos los negros están acostumbrados a correr así para salvarse el pellejo y no ser comidos por los leones —dijo el Flaco, muerto de la risa tomándole el pelo al Negro.

—Pendejos, por lo menos tomé la iniciativa para sacarnos del apuro en que estábamos, ¿y así me agradecen? —contestó el Negro casi sin alientos.

—No te pongas tan bravita mi Negra, tú eres todo un héroe, nuestro héroe —dijo el Príncipe, mandándole besitos al Negro.

Así, todos empezaron a caminar juntos, tomándose el pelo, pegándose puños, corriendo, discutiendo, mamando gallo y riendo a carcajadas.

—Muchachos, un brindis por el Negro —dijo el Chino, mientras levantaba la botella de aguardiente. Había un motivo más para tomar.

El resto del día lo pasaron como de costumbre, haciendo cualquier locura que se le ocurriera a uno de los genios, como si hubiera alguno entre ellos. Algunos conversaban, otros hacían lucha libre, eso sí, pobres los que quedaban entrelazados en los brazos del Guajiro. Luego del torniquete, el pobre quedaba con dolor de nuca por muchos días. Algunos simplemente disfrutaban de la naturaleza y del aire puro, como si hubiera aire puro cuando se fuman cigarrillos y maracachafa dorada que surtía el Príncipe. Echaban humo como las chimeneas contaminantes de las fábricas de Maliquilla. Otros se volvieron botánicos, buscando plantas raras. Uno de ellos fue el Flaco, a quien le encantaba todo lo natural, especialmente la hierbita mágica de la maracachafa que se fumaba hasta verde; pero más que todo, los famosos hongos de anillo negro que se encontraban en lugares exclusivos entre la boñiga de las vacas en los potreros. El Flaco no buscaba los hongos para hacer un estudio o análisis científico, los buscaba para hacer una degustación para determinar su sabor natural.

—Negro, mira ese honguito tan grande, tiene el anillo bien negro. ¡No lo pises, no lo pises! Se ve de lo más sabroso. ¡Por fin pude encontrar uno! —gritó el Flaco, desesperado, mientras cogía el hongo con delicadeza.

—Flaco pendejo, parece que te hubieras encontrado la mata de rejuvenecimiento y de la vida eterna —le dijo el Negro, muerto de la risa.

—Sí, sí, me va a rejuvenecer la mente, voy a ver las cosas más claras de ahora en adelante. Pásame la miel, mi Negro, para darle más sabor —contestó el Flaco, mientras lavaba el hongo con el agua de una de las botellas.

El Flaco, con una delicadeza como si fuera cirujano de corazón, partió el hongo en varias partes, muy suavemente para no perder el ácido que estaba en la parte de abajo del hongo. Puso los pedazos en su mano y les hechó la miel que le dio el Negro. Parecía que estaba preparando un manjar para los reyes de España. Luego de esto, con una risa de felicidad, se introdujo dos pedazos en su boca y empezó a masticar. Se le fue transformando el gesto de felicidad a sufrimiento y disgusto. Empezó a masticar más lentamente, con esfuerzo total, como si estuviera comiendo un pedazo de cartón o cuero de zapato. Al final, el Flaco sacó valentía de donde no la tenía, como si hubiera sido valiente alguna vez en su vida, y tragó con tanta fuerza que se vio cómo se movía la manzana de Adán.

—¡Esto supo a mierda, sino fuera por la miel, qué cosa tan horrible! —exclamó el Flaco, haciendo muecas raras.

—¿Qué pensabas, Flaco pendejo?, ¿que iba a saber a manjar el hongo que crece en la caca de vaca? —le dijo el Príncipe, muerto de la risa.

—Bueno, muchachos, me quedan unos pedazos, ¿quién es el siguiente macho para acompañarme en esta cena de hongos? —preguntó el Flaco, mostrándoles los pedazos que quedaban.

Los muchachos se hicieron los locos, miraban para un lado y para el otro. Empezaron a caminar de regreso a la casa, alejándose lo más rápido del Flaco. Ninguno, que estuviera en sus cabales, iba a comer hongos con sabor a caca de vaca.

Era tarde ya y el sol empezó a ponerse tras las bellas montañas. Los tonos de verde cambiaban dependiendo de si eran potreros abiertos de pasto de levante o bosques frondosos. El cielo era azul con algunas nubes oscuras que formaban figuras que se movían a alta velocidad por los vientos fríos de las montañas. Se podrían haber quedado horas mirando las nubes y las figuras de animales, caras y otras cosas que formaban. Hicieron competencia de quién encontraba la figura más rara, eso sí, con ese frío tan tremendo, el juego no duró tanto. El viento era frío y azotaba la cara dándoles una frescura total, o mejor, un congelamiento total. De todas maneras, la frescura del viento, aunque secaba la piel, era más sabrosa que el calor húmedo y sofocante de Maliquilla, donde los muchachos tenían que lavarse la cara varias veces en el día para quitarse la grasa y el sudor que les escurría como si fueran unas cataratas.

Los muchachos apuraron el paso para poder llegar todavía con luz a la casa a descansar. Iban en fila india y silenciosos. Incrementaron el paso, no porque fueran unos atletas de la madona, sino porque tenían un hambre la tremenda que hacía que lo único que vieran fuera el pan caliente y el queso cuajada de la vecina.

—Muchachos, ¿dónde está el Flaco? ¡Estaba detrás de mí y ya no está! —gritó el Gringo, mientras miraba hacia atrás.

Todos pararon inmediatamente. Eso sí, podrían estar muertos de hambre y hasta practicar el canibalismo, pero lo primero era la amistad. Hacían lo que fuera para ayudar a los amigos. Realmente todos estaban con la curiosidad de lo que le pasó al Flaco después de comerse esos hongos con sabor a mierda.

—Mira en ese tronco en la loma, no puede ser porque se mueve, no veo bien —dijo el Gringo que era bien ciego sin sus gafas o lentes de contacto.

—¡Este Gringo sí que es ciego! Ese es el Flaco sentado, seguro está cansado —dijo el Guajiro, mientras caminaba hacia el Flaco.

Todos lo siguieron. Encontraron al Flaco sentado sin moverse, mirando fijamente a la montaña de al frente. El Flaco no parpadeaba, ni se dio cuenta de la llegada de los muchachos. Miraba con intensidad y con ojos de cristal. Parecía un muñeco de cera inmóvil.

—¡Se nos murió este Flaco! —exclamó el Negro.

De un momento a otro el Flaco se paró, apuntó su dedo largo, lánguido y huesudo hacia el frente, empezó a gritar y a la vez a tomar una bocanada de aire en sus pulmones y luego a botarlo, y exclamó:

—¡Miren cómo respira la montaña, inhala aire, exhala aire, inhala aire, exhala aire, inhala aire, exhala aire!

Todos los muchachos se quedaron atónitos viendo lo que apuntaba el Flaco. Algunos miraron fijamente tratando de encontrar o ver algo, otros retorcían los ojos incrédulos, y otros empezaron a inhalar y exhalar aire como el Flaco. Es increíble la reacción de cada uno, pero eso sí, ese hongo que se comió el Flaco como que estaba bien cargado.

—¡Se nos enloqueció el Flaco! Viendo montañas respirar. ¡El gran pendejo se nos enloqueció! —dijo el Guajiro, listo para darle un torniquete para sacar al Flaco de su locura.

—Como que estaba bien bueno ese hongo que se comió el Flaco, porque está alucinando a lo macho —comentó el Príncipe.

—¡Flaco, deja la pendejada, las montañas no respiran! —le gritó el Gringo.

—Sí, Gringo, mira como inhala, exhala, inhala, exhala —le contestó el Flaco, mientras tomaba y botaba aire.

Así pasó por varios minutos. El Flaco insistía en que las montañas respiraban y los muchachos le decían que estaba completamente loco. De pronto el Flaco se quedó quieto mirando el cielo, completamente estático.

—¿Ahora qué le pasó a este Flaco pendejo? —preguntó el Negro.

—Parece que estuviera en un viaje explorando las galaxias no encontradas por la NASA —dijo el Príncipe, riéndose.

—Mira las olas de colores sicodélicos en el cielo, ¡qué belleza de pintura, que colorido tan bello! —murmuraba el Flaco, apuntando hacia el cielo con su dedo huesudo.

—¡Ahora sí que se terminó de enloquecer este Flaco pendejo! Solo falta que nos vea a todos nosotros como animales —dijo el Negro.

Los muchachos estaban preocupados por el Flaco y él estaba en tremendo viaje, disfrutando el efecto del ácido del hongo. No distinguía entre la realidad y la fantasía. Veía todo como raro. Como ya estaba poniéndose el sol, decidieron cargar al Flaco y llevarlo a la casa para que comiera y durmiera el viajecito en que andaba. Aunque no pesaba casi nada porque era puro hueso y nada de carne, se turnaban para cargarlo mientras marchaban sin parar y así llegar pronto a la casa. En el camino de regreso había un silencio impresionante. Solamente se oía el crujir de las ramas de los árboles y el soplar del viento. Era un silencio difícil de describir. No sabían si estaban en el cielo o si les iba a salir el diablo del infierno a tragárselos a todos.

—Mira los colores, mira cómo giran, cómo giran —dijo el Flaco, apuntando su dedo al cielo y mirando con ojos desorbitados.

—¡Definitivamente se nos enloqueció, esta loca de la Flaca se nos enloqueció! —exclamó el Negro, mientras marchaba a ritmo acelerado, cargando como un trapo al Flaco que estaba feliz en su viaje a no se sabe dónde.

Todos llegaron a la casa mamados por la caminata y por cargar al Flaco que seguía en su viaje a las estrellas. Tenían un hambre que se podrían comer una vaca entera sin pensarlo dos veces. Lo primero que hicieron fue dejar al Flaco en el camarote para que siguiera en su viaje eterno, pero en la parte baja para evitar que se tirara si pensaba que estaba volando. Afortunadamente, no les tocó cocinar esa última noche. Desde que estaban subiendo los últimos metros para llegar a la casa, podían oler el aroma de las arepas, la carne frita, los frijolitos, el pan recién horneado y el queso cuajada. Los muchachos atacaron la cocina como fieras salvajes y devoraron todo sin orden, sin pensar en el prójimo y como si fuera la primera o última comida.

—¡Pendejos, no me dejaron cerdito frito, manada de salvajes! —gritó el Guajiro.

—Pensé que eras vegetariano y que comías pasto no más, y sí que hay bastante allá afuera —le dijo el Negro, mientras se reía y masticaba un pedazo grande de cerdo, con la grasa saliendo por las comisuras de su boca.

Los muchachos se olvidaron temporalmente del Flaco, porque el hambre era más importante. Luego de estar llenos y de no dejar ningún frijolito, granito de arroz o gordo de la carne y haber tomado jarras de aguapanela con limón, a uno se le ocurrió recordar al Flaco.

—¿Y el Flaco? —preguntó el Príncipe con voz de cansancio y de llenura.

Todos se miraron como venado alumbrado por las luces de un carro.

—Imagino que ya está en Júpiter o en Marte —dijo el Negro con risa.

Fueron a ver al Flaco, preocupados porque se hubiera salido a dar una caminata en la noche, pensando que estaba de astronauta o de explorador de las galaxias. Para su asombro, vieron al Flaco tirado en la cama, bien dormido, blanco, pálido, roncando, con los ojos abiertos y todavía vidriosos, como mirando al infinito.

—Este Flaco parece un extraterrestre recién llegado de las galaxias. No me gustaría encontrármelo en un callejón oscuro —dijo el Negro a carcajadas, mostrando sus dientes blancos.

Los muchachos se acomodaron en sus respectivas camas y en minutos todos se quedaron dormidos, sin murmurar una sola palabra. Era la última noche de su aventura en la finca Amaru. El silencio era sepulcral. No se escuchaba el viento ni la lluvia que caía a cántaros afuera. La casa vieja fue construida de bahareque en el siglo XIX y tenía las paredes muy gruesas, de más de un metro de ancho, con el fin de impedir que el frío y a la vez los ruidos penetraran. En ese silencio se sentía una paz total. Parecía como si estuvieran en el paraíso, pero realmente estaban dormidos, tranquilitos, no por la paz celestial, sino porque estaban cansados y rellenos por la comida.

Al otro día emprendieron el camino de regreso en sus respectivos vehículos. Todos iban callados porque sabían en el fondo de sus corazones que se les había acabado la diversión y que tenían que volver a la realidad. Sabían que lo tenían que hacer, pero no lo querían aceptar. No querían aceptar la realidad. Querían vivir en una eterna aventura.

De un momento a otro el Gringo frenó el jeep Suzuki, en la mitad de la carretera destapada. Al frenar tan bruscamente, por la velocidad, el polvo levantado se entró por todos los huecos, rendijas y ventanas del jeep, formándose en el interior una nube café grisáceo. A la vez entró por narices, bocas y ojos de los que iban en el carro. Inmediatamente los otros carros frenaron en fila india, gracias más a la habilidad de sus choferes porque, como siempre, iban cantando, mamando gallo y mirando todo menos la carretera.

—¡Gringo pendejo! ¿Por qué frenaste así? —gritó enojado el Príncipe, limpiando el polvo de sus ojos y sonándose la nariz con un pañuelo sucio de más de una semana.

—Allí hay una quebrada de agua fría. Vamos a meter al Flaco para bajarlo de su viaje a Marte y despertarlo —dijo el Gringo, mientras bajaba del carro para contarles a los otros muchachos que iban en los otros carros.

El Flaco, como siempre, iba dormido en la parte de atrás del jeep brincón, pero esta vez sí había una explicación: el Flaco seguía en su viaje a las estrellas por comerse el hongo el día anterior.

El Gringo les contó al Negro y al Guajiro antes de recibir regaños por haber frenado tan bruscamente. Ahora estaban contentos porque había una maldad más por hacer y se olvidaron del frenazo, el polvo y todo lo demás.

El Negro, el Guajiro y el Gringo abrieron la puerta de atrás del Suzuki y sacaron arrastrando al Flaco. El Príncipe, al darse cuenta de que iban a hacerle una maldad al Flaco, ayudó desde la parte de adentro del jeep. El Flaco empezó a despertarse todo atortolado, pataleaba y movía los brazos al mismo tiempo que gritaba:

—¿Qué me van a hacer, qué me van a hacer?

El Guajiro cogió los brazos del Flaco con una llave especial que lo inmovilizó, mientras que el Gringo y el Príncipe cogían sus piernas. El Negro le quitó la camisa y luego le quitaron los pantalones. Cargaron al Flaco hasta la quebrada limpia que bajaba por el potrero. Al conteo de tres, tiraron al Flaco en las aguas heladas de la quebrada. El Flaco salió temblando de la quebrada, con la piel como una gallina por el frío y dijo:

—¡Pendejos, me las van a pagar, me las van a pagar!

—Te hicimos un favor, mi Flaco, ya se te bajó la traba que tenías y ahora volvió el Flaco de siempre —le dijo el Negro, muerto de la risa.

—¡Sí, me siento mejor, pero me las van a pagar, ya verán! —contestó el Flaco con la voz y el cuerpo temblorosos.

Luego de un rato de risa, al ver al Flaco temblando y bravo, continuaron el viaje de regreso. Cuando estaban llegando a la carretera principal vieron unos toldos de fritanga. Como siempre, estaban con un hambre de la madona. Por inercia total, los carros no cruzaron para coger la carretera principal de regreso a Maliquilla, sino que la atravesaron a toda prisa. En un asombroso pilotaje, envidia de los pilotos de la Nascar, parquearon un carro al lado de otro en perfecta alineación. Se bajaron todos al mismo tiempo y se fueron directamente hacia los toldillos que tenían suculentos fritos de morcilla, bofe, chuleta y costilla de cerdo, empanadas, macitas de maíz, arepas de huevo, chunchullo, bollos amarillos y blancos, caramañolas y más delicias.

Ya iban a estirar los brazos a coger de todo, cuando el Gringo preguntó:

—¿Quién tiene dinero para comprar estas sabrosuras?

Los brazos de todos pararon instantáneamente y miraron al Gringo con ojos de querer matarlo. En el fondo sabían que andaban sin un peso, como siempre.

Todos buscaban en sus bolsillos, en los carros, en las maletas, cualquier billete o moneda. Luego de un rato solamente pudieron recolectar para comprar una o dos cosas de la fritanga, cantidad que no alcanzaba ni para llenar al Flaco que no comía nada.

Empezaron a definir un plan, porque ni por el diablo iban a aguantar el viaje de varias horas de regreso a Maliquilla con el estómago vacío.

Como era costumbre, el Negro salió con un plan maravilloso.

—Muchachos, el Chino y el Guajiro se paran al frente de la mesa de la comida con los brazos medio abiertos. Ellos conversan con la señora vendedora para distraerla al máximo. Mientras tanto, pasamos las manos entre sus brazos y cogemos la comida que está más cercana y la metemos a los bolsillos. Como el Chino y el Guajiro son grandes no nos ven. Los choferes tendrán los carros prendidos y listos para arrancar por si acaso se dan cuenta. ¿Qué tal mi idea tan genial, no? —dijo el Negro, como todo un profesional de planeación estratégica.

Todos los muchachos en coro dijeron: "Sí", menos el Gringo, que se puso bravo y dijo:

—¡Negro pendejo!, ¿cómo que vamos a robar a esta pobre señora que no tiene nada y que está luchando para salir adelante? ¡Ni por el diablo participo en esto!

—Esta Gringuita tan santica, ¿no? —dijo el Flaco.

Como que todos se hicieron los sordos con el comentario del Gringo que se fue bravo para el carro, maldiciendo por la mala acción que iban a cometer los otros. De un momento a otro oyó un golpeteo fuerte en la ventana y al Flaco gritándole:

—¡Arranca, Gringa pendeja, arranca que la vieja viene detrás de nosotros con un machete!

El Gringo quedó asombrado, no entendía qué pasaba, mientras que el Flaco y el Príncipe se lanzaron al carro gritando:

—¡Arranca Gringo, arranca, esa vieja está bravísima!

El Gringo vió a una señora gorda que venía furiosa moviendo un machete para un lado y para el otro. La señora venía hacia el jeep con otros detrás de ella como si fuera un motín. Como los dioses manden, el Gringo arrancó a toda velocidad, esquivando los carros parqueados y metiéndose en la carretera principal sin saber si venían carros y sin mirar atrás. Luego de andar varios kilómetros, pasando camiones, burros y carros, sin importar que vinieran en sentido contrario, el Gringo mermó la velocidad. Por fin miró atrás para ver si alguien los seguía. Afortunadamente, la vieja y los demás no tenían cómo seguirlos. El Gringo se calmó y miró al Flaco por el espejo retrovisor, al mismo tiempo el Flaco le extendió una larga morcilla y le dijo:

—Coma mi Gringo, coma que está sabrosa.

El Gringo miró al Flaco con dardos saliendo de sus ojos y le dijo:

—¡Yo no como nada robado!

—Bueno, mi Gringuito, es problema tuyo si quieres morirte de hambre, porque esta morcilla está bien sabrosa —dijo el Flaco, mientras se metía un pedazo grande en su boca.

Más adelante, en el siguiente pueblo, pararon y esperaron a los demás. Cuando llegaron, todos estaban comentando la hazaña, muertos de la risa y con las panzas llenas. Era un cuento más para contar. Mientras que los otros disfrutaron la fritanga gratis, al Gringo le tocó apaciguar el hambre con una gaseosa y un pan.

Luego de un rato de hablar sobre lo ocurrido, se montaron en los carros a retomar el camino de regreso a la casa. En el trayecto hubo mucho diálogo y risotadas, pero poco a poco y al saber que les faltaban solo unos cuantos kilómetros para llegar a Maliquilla, cada uno se fue callando y encerrando en su mundo, no por el cansancio ni por el mareo de las curvas, o por falta de tema, sino porque sentían una enorme tristeza, pues una aventura más llegaba a su final e iba a quedar grabada en su memoria, y en el fondo sabían que no se repetiría.

—Gringo, me recoges mañana en la moto para ir a la U —dijo el Flaco en voz bajita y con desaliento.

—Flaco, pero estás listo, no quiero llegar nuevamente tarde a clase —dijo el Gringo, mientras miraba al Flaco con una sonrisa de amistad única.

V
La realeza
en su corte

*La amistad, como la sombra vespertina,
se ensancha en el ocaso de la vida.*
Jean de La Fontaine (1621-1695) Escritor y poeta francés.

En el cuarto de la clínica, los viejos seguían discutiendo como si fuera una sesión del Congreso Nacional. El único ejercicio que hacían los viejos era el movimiento de las manos, pero con un dolor insoportable por sus huesos raquíticos. El Negro azotaba el bastón de un lado para el otro como si estuviera en un campeonato de esgrima o como un caballero del siglo XII o XIII. Eso sí, sería un caballero Negro. La sargenta entró nuevamente a ver si podía callar a los viejos, porque don Tonino necesitaba descansar, pero él no quería. Echó a la sargenta que se fue furiosa renegando. ¿Quién quería descansar en ese momento de felicidad con los amigos del alma? Eso no entraba en la mente del testarudo don Tonino.

Los viejos estaban cansados luego de haber hablado por largo tiempo. Todos se quedaron en silencio, en sus pensamientos y recuerdos del pasado, mirándose el uno al otro o a las cuatro paredes blancas del cuarto. Cuando menos pensaban, el Flaco rompió el silencio y le dijo a don Tonino:

—Gringo, no te acostaste con la prima del Príncipe, no te creo.

Don Tonino se despertó de sus pensamientos y contestó con ojos de águila, pero que parecían más de un oso de anteojos:

—Flaco, ¡claro que sí, y qué pochecas que tenía!

—Sí, mi prima tenía una "tetatunus fibrosa" de grandes extensiones como los picos más altos de la cordillera Andina y con una curvatura al máximo grado medido por la fuerza de la gravedad por la tangente de… —empezó a decir el Príncipe, cuando lo interrumpió el Negro diciendo:

—Príncipe pendejo, simplemente tenía unas pochecas grandes.

—Flaco, ¿recuerdas a la Japonesa? —le preguntó don Tonino.

—¡Claro que sí, claro que sí! —respondió el Flaco.

Así, los viejos empezaron a discutir, dialogar y recordar otra de las aventuras de los muchachos sin nombre.

El Príncipe tenía su apodo, no porque perteneciera a la realeza española o inglesa o de la casta francesa con tantos títulos y pedigrí que podrían llenar las paredes de cinco cuartos grandes, y rayar los techos con la nariz respingada. Su apodo era simplemente porque su madre era la alcaldesa del pueblo de Mirandela, un pueblo a una hora de Maliquilla. La madre del Príncipe era una señora muy respetada en el pueblo, todos la querían y respetaban por sus labores como alcaldesa. El Príncipe, ni más pendejo, aprovechaba el reconocimiento de su madre para darse los lujos en el pueblo. Así, también, los muchachos sin nombre le seguían los pasos.

Era un viernes normal y los muchachos estaban gozando, hablando y tomando en su oficina, el bar sin nombre. Como siempre, ya era hora de cerrar. Los muchachos, prendidos de tanto chupar aguardiente y sifón, pero con la energía y el espíritu en alto, no querían irse a sus casas a dormir la rasca. Querían ver dónde podían seguir la rumba y el gozo de la vida.

El Flaco, el Gringo y el Príncipe salieron tambaleándose del bar, con las miradas desorbitadas, pero no por una jaqueca sino por la rasca viva. Al Gringo se le ocurrió decir:

—Muchachos, vámonos a seguir la rumba a Mirandela, en la discoteca al lado de la casa de la mamá del Príncipe.

Los tres se pusieron de pie en un instante, como si hubieran recibido una orden de un sargento primero temperamental. Se miraron y al mismo tiempo, sin pensarlo dos, tres o cuatro veces, dijeron:

—¡Listos, vamos para allá!

Afortunadamente, o mejor, desafortunadamente para los pasajeros, el único que había llevado su vehículo era el Príncipe. El Flaco, el Gringo y el audaz chofer se montaron en el vehículo, y cuando el Príncipe lo prendió, el motor hizo un sonido ensordecedor como un carro de carreras. El Flaco, que estaba en la silla del pasajero del frente, miró al Príncipe y se dio cuenta de que se había quedado dormido con el pie hundiendo la chancleta del acelerador al fondo. Inmediatamente, el Flaco con voz de borracho dijo:

—Príncipe despiértate, que las hembritas nos están esperando en Mirandela.

El Príncipe se despertó como si le hubieran echado un balde de agua helada. Él podría estar dormido o en una borrachera la tremenda, pero cuando oía hablar de muchachas, se le quitaba todo como si le dieran una inyección antietílica o lo hubieran revivido con *electroshocks*.

—Sí, muchachos, ya nos vamos, ya nos vamos, pero no tengo para la gasolina. Hay que hacer una vaquita para echarle gasolina a la nave —dijo el Príncipe, arrancando a alta velocidad.

—Este Príncipe, siempre arrancado, sin plata. Tengo cinco mil pesos. Para en la siguiente bomba para echarle, pero eso sí, corriente, nada de extra —dijo el Gringo.

Los tres muchachos sin nombre emprendieron el viaje. A esas horas de la noche la carretera estaba oscura y solitaria. No se sabe si el Príncipe creía que estaba manejando al estilo inglés porque cambiaba de un carril a otro, pero cuando veía las luces gigantes de un monstruo de camión que venía, se hacía a su lado correcto sin problemas. Pasaron por varios pueblitos, puentes y una cantidad incontable de huecos. El Príncipe habilidosamente esquivaba los huecos y pasaba los pueblos como un soplo de viento, como si no existieran. Era mejor pasar rápido por los pueblos porque con el silencio y la oscuridad parecían pueblos muertos y no se sabía cuándo podrían salir las almas malditas a fregar.

Cuando menos lo pensaron, el Príncipe estaba frenando la nave al frente de la discoteca en Mirandela. Había una cantidad de gente sana y otra borracha, lógicamente más borrachos que sanos, que entraban y salían de la discoteca.

Como robots, los tres muchachos se bajaron del carro e ingresaron inmediatamente a la discoteca. Varias personas que estaban en la entrada los saludaron con alegría. Más que todo, las muchachas lindas, con sus minifaldas, escotes y todo bien apretado, porque llegaron los de la capital y más que todo el hijo de la alcaldesa. Faltaba el tapete rojo para recibir a la realeza. No había un tapete rojo, sino una carretera destapada, andenes desnivelados y un ir y venir de botellas de aguardiente para los recién llegados.

—Mira, allí está la prima del Príncipe, también la Flaca, la Japonesa y la Profesora —dijo el Flaco, entrando a la discoteca y saludando a todo el mundo, como si hubiera llegado una estrella de cine.

—Mira esas viejas tan buenas en esa mesa, pero están con unos manes raros —dijo el Príncipe.

—Yo me voy a rumbear con la prima del Príncipe, bien apretadito para sentir las pochecotas que tiene —dijo el Gringo, mientras se dirigía a la mesa donde estaba la prima.

Empezó la rumba pesada. Los tres muchachos no dejaron de bailar con toda mujer que quisiera. No tuvieron que comprar licor porque en todas las mesas les ofrecían aguardiente o cerveza. No tenían que comprar cigarrillos porque también les ofrecían. Los tres se sentían en un altar porque estaban gozando al máximo sin sacar un peso del bolsillo. Esto no era extraño. Nunca tenían un peso en el bolsillo para pagar, siempre andaban quebrados, gozaban a costillas de otros y más por el estatus del Príncipe.

Luego de varias horas, al Gringo le dio por salir a tomar aire fresco. Cuando salió lo enceguecío una luz intensa. Era el sol de la mañana. Sin darse cuenta habían bailado y rumbeado toda la noche hasta el otro día. Apenas el Gringo salió, lo primero que dijo fue:

—Este sol está muy intenso para esta borrachera, mejor me entro a la discoteca a seguir rumbeando con las hembritas.

Los tres muchachos siguieron en la discoteca rumbeando y gozando con las hembras buenas de Mirandela. Como al mediodía llegó a la mesa una joven para decirle al Príncipe que había un sancocho listo en la casa de la mamá. Apenas oyeron sancocho, los tres se pararon de la mesa. Sin despedirse de nadie, salieron a alta velocidad de la discoteca en dirección a la casa de la mamá del Príncipe. La razón principal era que tenían un hambre de la madona porque no habían comido nada desde el día anterior, lo único que habían metido al cuerpo era el licor, el agualimón y unas pocas picadas que podían coger de las mesas.

Cuando entraron a la casa se sentía el aroma al sancocho de gallina, que era especial y podía despertar a un muerto por la ricura del olor. El sancocho de la mamá del Príncipe era famoso, no solo por la cantidad, que era como para alimentar a un batallón, sino por los ingredientes frescos, recién cogidos o matados, como en el caso de la gallina. La mamá del Príncipe era muy amplia, hacía suficiente comida para toda la familia, los amigos de la familia, los amigos de los amigos y cualquier persona que pasara a visitar. Curiosamente eran bastantes los fines de semana y preciso a la hora del almuerzo. Seguro era pura coincidencia. El sancocho era bien espeso por la yuca y la papa que soltaban el almidón y un poco grasoso por la gallina. Esa grasa era indispensable para cortar el alcohol que tenían los muchachos. Siempre había platos adicionales, como arroz blanco, ensalada, papa con sal, fríjoles rojos, aguacate de los grandes y jugo de mora, lulo o maracuyá.

Los muchachos saludaron rápidamente a la mamá del Príncipe, con un respeto enorme:

—Buenas tardes doña Carlota, ¡qué hambre tan horrible tenemos!

Doña Carlota respondió:

—Coman mijos, coman todo lo que puedan.

Los tres llenaron los platos soperos hasta el tope y echaron dentro de la sopa, el arroz, las papas, los fríjoles y hasta la ensalada. Lo único que dejaron en otro plato fue la gallina porque no cabía en el plato sopero. Comían como unos salvajes vikingos, con cuchara porque cabía más en ella que en los tenedores. Se perdieron todos los principios de la etiqueta porque el hambre era más importante que los modales.

—Doña Carlota, ¿puedo tomarme otro platico de sopa? —le preguntó el Flaco, mostrándole el plato sopero vacío.

—No entiendo cómo le cabe tanto a este Flaco raquítico. Parece que no hubiera comido en mucho tiempo —dijo el Gringo, metiéndose una cucharada de sopa en la boca.

Los muchachos empezaron a sentir modorra luego de tanta comida, y con todo el trago y la rumba de la noche anterior.

—Tengo ganas de dormir la siesta. Voy a dormir al cuartico de atrás por un tiempito —dijo el Príncipe, bostezando y levantando los brazos.

—Yo como que también me voy a dormir la siesta. Mil gracias por la comida, doña Carlota —dijo el Gringo, levantándose. El Flaco los siguió.

Los tres se metieron al cuarto de atrás que tenía una sola cama. Se acomodaron en ella y en segundos se quedaron profundos. Al mismo tiempo, los tres se tiraron cada uno un pedo largo y sonoro, como si se hubieran puesto de acuerdo. No se sabe si se quedaron dormidos por el cansancio, la comilona, el guayabo o por el pedo del Príncipe que era famoso por el olor a mortecina y requesón juntos.

Cuando se despertaron ya era de noche. Lo primero que hicieron fue salir a la calle a ver qué pasaba. Vieron la cantidad de gente en la discoteca y se fueron para allá para empezar la rumba de nuevo. Todos estaban gozando, bailando, tomando, besándose y haciendo cosas atrevidas pero sabrosas. De un momento a otro, el Gringo le dijo al Príncipe:

—Hermano, préstame la nave que me voy a llevar a la Profesora para el monte.

—Sí claro, pero no lo vas a ensuciar —contestó el Príncipe, mientras acariciaba la pierna de una niña que apenas conocía.

Pasó un determinado tiempo y nada que llegaba el Gringo. El Príncipe empezó a azararse y a ponerse bravo pensando que el Gringo se había ido a Maliquilla con la niña.

Como a medianoche llegó el Gringo solo en el carro.

—Gringo pendejo, ¿por qué te demoraste, a dónde te llevaste a la Profesora? —le gritó el Príncipe, furioso, moviendo los brazos.

—Me la llevé para un cañaduzal. Tengo dolor de cabeza por los golpes contra el techo que me pegaba mientras me comía a la Profesora —dijo el Gringo, sobándose la cabeza. El Gringo siguió contando:

—Cuando estaba en plena acción, de un momento a otro alguien nos alumbró. Eran unos coteros que estaban regresando a sus casas. Salté como una liebre al puesto del chofer. No sé cómo arranqué a millón todavía con los pantalones abajo para salir del lugar. Más adelante, cuando me sentía seguro, paré para hablar con la Profesora. Para mi sorpresa, ella no estaba en el carro. No me devolví a buscarla por puro susto a que me pasara algo. Además, ya había conseguido lo que quería.

—Este Gringo tan machista, cómo dejaste a la pelada sola. Bueno, seguimos la rumba —dijo el Príncipe ya más tranquilo.

Como a la media hora, el Príncipe en su rasca empezó a recordar una noviecita que tuvo hace muchos años en el pueblo de Santadilla, que quedaba a una hora de Mirandela por una carretera destapada. Es increíble cómo los tragos vuelven tercos a los hombres, como si no fueran tercos sin los tragos. Al Príncipe le dio por el temita de visitar a la exnovia. El Gringo y el Flaco pensando en la rumba no pusieron problema. Los tres muchachos se montaron en el carro y arrancaron para su nuevo destino de rumba, listos para afrontar lo que fuera.

A la mitad de camino los paró un retén militar. El Príncipe detuvo el carro y pasó los papeles al militar. Los tres estaban bastante tomados y empezaron a mamarles gallo a los militares. El Flaco le ofreció la botella de aguardiente al soldado, que al principio se puso nervioso pensando lo que podría decir su superior. El oficial estaba cerca y le dijo al soldado que aceptara el ofrecimiento. Se vino a charlar con los tres muchachos. Compartieron risas chistes, trago y hasta algo de comida que llevaban. De un momento a otro, el Gringo le quitó el gorro al oficial y lo tiró debajo de la llanta delantera. Adelantó el carro y lo pisó. El Flaco y el Príncipe se quedaron mudos y el Flaco dijo:

—Este oficial se va a poner bravo y nos va a meter un tiro.

Para sorpresa de los muchachos, el oficial le quitó el gorro al Gringo y lo tiró al suelo también muerto de la risa. Todos empezaron a reír como si fueran grandes amigos. Pasaron un tiempo más mamando gallo y tomando con los soldados. Antes de arrancar, los muchachos entregaron dinero para que los soldados compraran la gaseosita. Se despidieron de los soldados y siguieron su camino a la siguiente rumba en Santadilla.

Como a las tres de la mañana llegaron a una casa de campo en las afueras de Santadilla. En esta casa vivía la exnovia del Príncipe. El Príncipe sin pena ni gloria fue tocando la puerta y gritó:

—¡Flaca, soy yo, el Príncipe, despiértate, vamos de rumba!

Como a los veinte minutos se abrió la puerta y detrás de ella estaba una viejita. El Flaco y el Gringo se miraron estupefactos y el Gringo dijo:

—Este Príncipe no perdona ni a las viejitas. ¡Qué mal gusto tiene!

El Príncipe giro rápidamente y dijo:

—Pendejos, es la mamá de la Flaca, esperen a que salga y verán que sí tengo gusto.

Al cabo de un tiempo apareció la Flaca vestida y lista para la rumba. El Flaco y el Gringo se quedaron con los ojos abiertos porque la Flaca sí estaba muy buena.

La Flaca le dijo al Príncipe:

—Vamos a despertar a la Mona y a otra amiga para tus amigos. También al Flagelo.

Fueron todos y despertaron a la Mona, que se cambió rápidamente. Fueron a la casa de la otra amiga, la despertaron y se alistó rápido también. Luego pararon en la casa del Flagelo. Resultó que el Flagelo era un gay que estaba enamorado del Príncipe.

El Flaco dijo muerto de la risa:

—Este Príncipe hasta maricas se levanta. No perdona nada.

Al Príncipe no le importaba porque para el momento lo principal era la rumba. Se montaron todos y quedaron como lata de sardinas en el carro y arrancaron para la discoteca más cercana a rumbear como locos. ¡Qué rumba! Los muchachos no dejaron de bailar hasta altas horas de la madrugada. El Gringo quedó enamorado de la Mona y le dijo que se tenían que volver a ver. El Flaco se reía con el Flagelo que resultó ser un campeón en mamar gallo y echar chistes.

Al mediodía dejaron a las muchachas y al Flagelo en sus casas. Se despidieron como viejos amigos, con besos, abrazos, unas tocadas de más, intercambio de teléfonos y direcciones. Luego, los muchachos cogieron camino de regreso a Maliquilla.

El calor era insoportable. Los muchachos todavía estaban tomados y transpiraban puro alcohol etílico por los poros. El Gringo, desesperado, le dijo al Príncipe:

—Prende el aire acondicionado que me muero de calor.

—Este Gringo parece que tuviera la regla. No tengo aire acondicionado, pero hay un ventilador en la guantera. Conéctalo para ver si te refresca —dijo el Príncipe con los ojos medio cerrados por la rasca.

El Gringo conectó el ventilador. Fue peor porque lo único que expulsaba era aire caliente. Furioso, tiró el ventilador al piso y al mismo tiempo dijo:

—¡Esta mierda no sirve para nada!

Solamente se oían las risas del Flaco en la parte trasera.

Es increíble cómo se mantenía despierto el Príncipe todo el camino de regreso. Cada rato sacaba la cabeza por la ventana para recibir el viento y así poder mantener los ojos abiertos. Como a mitad del camino, un retén de la Policía paró a los muchachos. El Príncipe pasó los papeles con una seriedad como si estuviera con sus cinco sentidos puestos. Uno de los policías miró al Gringo y luego miró hacia atrás. La cara del policía empezó a transformarse y apuntó hacia atrás. El Gringo miró hacia atrás y vio al Flaco dormido con la boca abierta y los ojos abiertos, pálido por la rasca, como siempre.

El policía preguntó con voz temblorosa:

—¿Qué le pasa a ese muchacho de atrás?

El Gringo en su rasca contestó lo primero que se le vino a la cabeza:

—Ese muchacho está muerto, ¿no ves su color, los ojos y la boca abierta?

El policía empezó a pasearse nervioso al lado del carro y dijo asustado:

—Pues, bueno, hay que llevarlo para la morgue del hospital, no quiero hacer papeleos. ¡Arranquen ya, vayan rápido!

El Príncipe arrancó a toda velocidad. Al rato, el Gringo y el Príncipe soltaron una carcajada que se podía oír al otro lado del mundo. Se oyó una voz en la parte de atrás del vehículo diciendo:

—¿Qué pasa muchachos?

El Gringo, muerto de la risa, dijo:

—No sabía que los muertos hablan.

El Flaco no entendió lo que dijo el Gringo. El Gringo le explicó lo sucedido. Lo único que hicieron fue reírse tanto como si verdaderamente se fueran a morir, pero de la risa.

Al llegar a un puente, el Príncipe viró a la derecha y se metió por un camino destapado. El Flaco le preguntó:

—¿Para dónde vas?

—Este es el río Guenguen, de aguas cristalinas y frías. Con este calor que no soporto, es mejor darnos una bañadita para refrescarnos.

—Estoy de acuerdo porque tengo las pelotas empapadas de sudor —dijo el Flaco, mientras bajaba del carro.

La bañadita terminó siendo otro paseo de varias horas. Los tres muchachos sentían que estaban en el cielo por la frescura del río cristalino. Se quedaron horas acostados en el río charlando, discutiendo, riendo o simplemente hablando paja. Sí que eran buenos para esto. El tiempo que estuvieron en el río ayudó a despertar a los muchachos y a revivirlos de la rasca que tenían. Se sentían como nuevos, como un nuevo amanecer.

Estando en el río pasó una señora vendiendo arepas con huevo, empanadas y gaseosas. Los muchachos sacaron el poquito de dinero que les quedaba y lo gastaron todo en la comida. Comieron como salvajes devorando todo. Ahora con la barriga llena y la frescura del baño, era momento de tomar nuevamente el camino de regreso a Maliquilla.

Al principio, los tres muchachos charlaron recordando el agitado fin de semana que tuvieron. El Gringo dijo, sabiendo en el fondo de su corazón que nada iba a ocurrir:

—Quedé enamorado de la Mona esa. Tengo que volver a verla.

—El que quedó enamorado fue el Flagelo, pero de ti, mi Gringa —dijo el Flaco, muerto de la risa.

Ya estaban entrando a Maliquilla y un silencio celestial irradió el carro. Como siempre, sabían que se les había acabado la diversión. Pasaron por una aventura más que quedaría en la memoria y que no volvería a repetirse.

El Príncipe paró en la casa del Gringo. El Gringo se despidió del Príncipe pegándole en el brazo. Se despidió del Flaco diciendo:

—Flaco, te recojo mañana a la misma hora, pero recuerda, no te vas a quedar dormido, no quiero llegar tarde a la U, como siempre.

El Flaco se reía no más. No se sabe si pensando en las muchachas de la rumba o de pronto en su Flagelo.

VI
¡Qué burro eres!

Un verdadero amigo es alguien quien esta con usted
cuando el preferiría estar en otro lado.

Len Wein.

El calor era sofocante e incontrolable. Dejó de entrar el poco viento por la pequeña ventana del cuarto del hospital. La ventana tenía el marco oxidado y una capa de mugre y polvo en el vidrio por estar tanto tiempo expuesto a todo lo emitido por el trajín de la calle de abajo. Por la falta de mantenimiento, el ventilador de techo hacía más ruido que expulsar aire, y el poco aire que expulsaba era más caliente que el mismo ambiente del cuarto. Los viejos estaban sudando por todos lados y se movían frenéticamente de un lado para el otro, buscando algo con qué ventilarse para refrescarse un poco y dejar de inhalar el aire caliente que quemaba sus frágiles pulmones. Lo único que encontró el Flaco fue una caja vieja debajo de la cama. El Flaco la partió en tres pedazos y entregó uno al Negro y otro al Príncipe. Don Tonino estaba desesperado en la cama, sudaba por todos lados, dejando completamente mojadas las sábanas de la cama, como si hubieran sido hundidas en una alberca.

—¿Dónde está la enfermera sargenta cuando uno la necesita? Con este calor no caería mal un vaso de agua fría —dijo don Tonino, mientras secaba el sudor de su frente.

—¡Qué calor tan horrible! Parece que estuviéramos en el desierto de La Guajira —dijo el Negro, soplándose con el pedazo de cartón para refrescarse.

—Ese Negro tan quejón. Como buen Negro debería estar acostumbrado a este calor. Ahora de viejo se las da de fino —dijo el Flaco, fregando más con el cartón que usándolo para refrescarse.

—De acuerdo con el último reporte en la revista *Harvard Review*, la National Weather Society reveló que, según las estadísticas, la temperatura promedio en la tierra ha subido dos grados. En inglés se llama *Global Warming*... —empezó a decir el Príncipe, con su cara roja de calor.

—¡Qué va, mi Príncipe! Simplemente vivimos en este infierno de Maliquilla que es caliente a toda hora —dijo el Negro con una sonrisa.

En ese momento entró la enfermera sargenta con un jarrón de agua y unos vasos que parecían que los hubieran limpiado con la lengua de lo sucios que estaban. A los viejos no les importó y se tragaron el agua en segundos.

—¡Por fin hace algo bueno! —le dijo don Tonino a la enfermera.

La enfermera lo miró intensamente que parecía que le salían dardos de sus ojos. Luego se fue furiosa. A don Tonino y a sus amigos viejos no les importó porque estaban disfrutando el agua fría.

—Con este calor, cómo me gustaría tirarme en un charco de un río —dijo el Flaco, levantando sus brazos flacos como si fuera a clavar.

—Flaco, si nos tiramos a un charco a nuestra edad se nos partirían todos los huesos y hasta las pelotas también —dijo el Negro mirando al Flaco.

—Claro, mi Negro. Lo que acabas de decir me recuerda la vez que fuimos a ese charco cerca de la finca del Príncipe, que nos dio por ir a caballo y burrito. Con solo pensar en el charco me siento más fresco —dijo don Tonino y luego se tomó el último sorbo de agua.

Los viejos empezaron a hablar y a recordar una anécdota más de su juventud como muchachos sin nombre.

El Flaco, el Príncipe, el Negro y el Gringo se despertaron con un guayabo el tremendo en la casa de la mamá del Príncipe, luego de dos días de rumba en Mirandela. Estaban completamente secos, por no decir chupados, de tanto aguardiente, baile y revolcones con las muchachas sin nombre.

—No aguanto más rumba. Deberíamos hacer algo diferente hoy, algo más refrescante —dijo el Gringo, mientras buscaba desesperadamente alguna bebida fría.

—Estoy de acuerdo. Necesito elevar mi nivel de energía para la siguiente rumba —dijo el Negro, también buscando algo para tomar.

—Bueno, muchachos, sé que hay un charco en las montañas cerca de una de mis fincas —dijo el Príncipe, mientras saboreaba un delicioso jugo de lulo recién hecho por la muchacha del servicio.

—¡Listo!, ¿y queda lejos? —preguntó el Flaco, también saboreando el frío jugo de lulo.

—No, cerca. Como a una hora no más, pero hay que ir caminando o a caballo —dijo el Príncipe, sirviendo otro jugo fresco.

—¿Caminar por las montañas con este guayabo? ¡Ni de vainas! —dijo el Negro.

—Como buen Negro, flojo para el ejercicio —dijo el Flaco, mamándole gallo al Negro.

—¿Cuántos caballos hay para ir allá? —preguntó el Gringo, mientras tomaba su tercer vaso de jugo de lulo.

—Solamente tenemos tres caballos raquíticos y un burrito sabanero —dijo el Príncipe.

—A uno de nosotros le va a tocar andar en el burro —dijo el Gringo, mirando a los otros muchachos.

Todos se quedaron en silencio esperando quién iba a ser el primer voluntario para ir en el burro. A ninguno le gustaba la idea de andar en un burro pequeño que no galopaba sino que trotaba acabando con los riñones hasta del hombre más fuerte. En los pueblos cercanos a Maliquilla, los burros sabaneros eran el único transporte de los campesinos. A veces se veía por la carretera un burro lleno de palos o pasto o productos de campo con el dueño sentado encima, con sus piernas cruzadas por la falta de espacio. Increíble, en plena modernidad, la gente seguía transportándose en burros como se hacía varios siglos atrás. Era más por la falta de recursos y el no cumplimiento de las promesas de los políticos que andaban en carros blindados, mientras que al pobre campesino le tocaba aguantar horas encima de un burrito sabanero. La diferencia era que el campesino estaba tranquilo, fumaba su cigarrillo sin filtro, mientras el burrito caminaba hasta su destino sin ser controlado; mientras que el político iba estresado en el vehículo con su vida completamente controlada.

El Gringo rompió el silencio y dijo:

—Si el viaje es una hora no más, entonces yo me voy en el burro.

Los otros muchachos se levantaron y arreglaron todo para el viaje al charco, con el fin de refrescarse y descansar para la rumba de la noche.

Se montaron en el jeep del Negro y se dirigieron a la finca del Príncipe. Era el mediodía cuando llegaron a la finca. El calor era sofocante. Los rayos del sol azotaban con furia. Los muchachos llegaron al establo casi insolados por el calor tan tremendo. Afortunadamente, los caballos y el burro estaban en un potrero a lado del establo. El mayordomo de la finca se fue a traer los animales para ensillarlos. Mientras tanto, el Gringo dijo:

—Muchachos, no trajimos agua para el camino.

—No importa, el charco es como a una hora y el agua es cristalina. Allí tomamos agua fresca —dijo el Príncipe, mientras ayudaba al mayordomo a amarrar los caballos y el burro.

El mayordomo puso las sillas a los animales y ayudó a cada uno a subirse. El primero en montarse fue el Príncipe, sin ningún problema. El Negro se subió, pero al revés, mirando la nalga del caballo. Los otros, incluido el mayordomo, soltaron una risotada.

—Parece que ese Negro nunca se ha montado a un caballo —dijo el Flaco, retorciéndose de la risa.

—Como buen Negro, lo único que sabe montar son las negritas —dijo el Príncipe, también muerto de la risa.

—Mi Negro, voltéate y coge las riendas —dijo el Gringo, tratando de aguantar la risa.

Luego se montó el Flaco. El último fue el Gringo que se montó tranquilamente sobre el burro sabanero. Los que estaban montados a caballo arrancaron. A poca distancia se vio cómo la silla del Flaco se corrió para un lado y este se fue al suelo. El mayordomo, asustado, salió corriendo para ayudarlo. En ese mismo instante el Gringo, encima del burro sabanero, iba pasando al Flaco muy despacio.

—Parece que es otro el que no sabe montar a caballo —dijo el Gringo parando el burro.

—¡Qué va! Quedó mal amarrada la silla —dijo el Flaco, mientras se levantaba sacudiéndose la tierra de su ropa.

—Doctor, es que a veces los caballos se inflan cuando uno amarra la silla y cuando uno se monta se desinflan quedando floja la silla —dijo el mayordomo un poco nervioso.

—Tranquilo. Amárralo bien otra vez. Yo no me dejo de este caballo —dijo el Flaco, ayudando al mayordomo.

El Príncipe y el Negro ya iban bien adelante en sus caballos. Una vez quedó bien la silla del caballo del Flaco, arrancó al galope para alcanzar al Negro y al Príncipe. El Gringo hizo de todo para que el burro anduviera lo más rápido posible para alcanzar a los otros muchachos. No había poder humano que hiciera que el burro aumentara la velocidad. El Gringo se resignó y dijo mentalmente: «Bueno, es una hora no más de camino».

El burro empezó a subir la montaña lentamente con el Gringo sentado encima. En la lejanía se veía el polvo de los otros caballos con los muchachos. Con el tiempo, los que andaban a caballo se perdían cada vez más en la montaña hasta el punto en que el Gringo ya no podía verlos. El burro subía lentamente. El sol azotaba fuertemente. En el camino de trocha no había árboles de sombra ni quebradas con agua fresca para refrescar la sed. El Gringo estaba tranquilo porque el camino era una hora no más, pero la hora pasó y lo único que veía era que el camino de trocha daba vueltas como una culebra entre la montaña. El Gringo siguió el camino pensando que faltaba muy poco. El calor era inaguantable. Sentía que la piel debajo de su ropa se iba a quemar con la ropa caliente. No llevaba gorra para proteger su cara y cabeza. Estaba sudando la gota fría y sentía sus labios secarse por completo. Sacaba la lengua para refrescarse los labios, pero solo sentía el sudor salado que corría por su cara. No había una sola nube en el cielo y la montaña estaba cada vez más pelada. Tampoco había un arbusto para acostarse debajo y así alejarse del infierno del sol. Como a las dos horas, el burro se paró por completo. El Gringo trató de ponerlo a andar pegándole en las costillas y gritándole:

— ¡Ándale burro, ándale!

El muy terco burro no quiso moverse un milímetro. El Gringo se bajó del burro diciendo:

—Burro tenía que ser este estúpido y terco animal. Con este calor y este animal le dio por quedarse quieto. Necesito ponerlo a andar para llegar rápido al charco porque estoy muerto del calor y con una sed la verraca.

El Gringo trató por todos los medios de que el burro caminara. Empezó a jalarlo y el burro anduvo un rato. Luego se montaba para andar y el burro nuevamente paraba bruscamente. Así pasó como media hora hasta que el Gringo se resignó a caminar jalando el burro. Llevaba más de dos horas jalando el burro y estaba a punto de desmayarse cuando escuchó unas risas detrás de la cima a la que estaba llegando. Estaba mamado de jalar el burro. También estaba completamente seco de la sed, insolado y empapado de sudor, que hasta le tocaba espantar la cantidad de moscas que estaban haciendo un festín con su sudor. Hizo el último esfuerzo y cuando cogió la última curva de la cima vio cómo los otros muchachos se tiraban en pelota de la cima de una roca al charco. Le entró una furia al Gringo que quería ahogar a todos sus amigos. Ellos tan frescos gozando del charco mientras que él estaba a punto de morirse jalando el maldito burro casi todo el camino en el calor infernal. El Príncipe estaba listo para tirarse cuando vio al Gringo y le dijo, con toda la frescura del caso:

—¿Qué le pasó Gringo, por qué se demoró tanto?

El Gringo lo miró con ojos inquisidores y le contestó:

—¡Una hora no más, qué pajudo eres!

—¿Por qué estás jalando al burro? —dijo inocentemente el Flaco, pero también muerto de la risa.

El Gringo dejó tirada la rienda del burro y con la poca energía que le quedaba se fue corriendo hacia el Flaco para ahorcarlo. El Flaco, al verlo tan furioso se clavó al charco, todavía muerto de la risa. El Gringo no aguantó más y lo que hizo fue tirarse detrás del Flaco con ropa y todo para refrescarse. Sintió un alivio el tremendo correr por todo su cuerpo. Tomaba bocanadas de agua sin importar si estaba sucia o limpia. El Flaco se subió a la piedra donde se encontraban el Negro y el Príncipe, y dijo:

—Esa Gringuita está furiosa. Mejor que se calme con el agua fría.

El Gringo se subió a la piedra. Al principio, los otros muchachos se iban a tirar al charco creyendo que el Gringo les iba hacer algo. Cuando el Gringo llegó arriba simplemente dijo:

—Me voy a quitar la ropa para que se seque.

Miró a los otros muchachos con una seriedad enorme, pero luego de unos segundos simplemente dijo:

—Burro tenía que ser.

Todos soltaron una carcajada enorme y las tensiones se mermaron.

Estuvieron como tres horas más en el charco, tirándose en pelota y secándose en el sol sobre la roca. Una vez el Príncipe se lanzó parado y cuando azotó el agua en el charco soltó un alarido el tremendo. Los otros muchachos voltearon a ver qué le había pasado al Príncipe. Lo vieron tratando de subir la piedra agarrándose las pelotas. El Príncipe dijo:

—¡Pendejos, caí mal y me pegué duro en las pelotas!

—Eso le pasa por pelotudo —dijo el Negro y todos se rieron a carcajadas.

A esa hora los muchachos ya tenían un hambre de la madona, pero afortunadamente el mayordomo puso unos panes en la silla del Príncipe. Se los tragaron en segundos pasándolos con agua fría de la quebrada. Ya se estaba poniendo el sol en el horizonte, lo que indicaba que era hora de irse. Los muchachos se vistieron y alistaron todo para el regreso. Cuando fueron a los caballos, lo primero que dijo el Gringo fue:

—¡Ni por el verraco me regreso en ese burro terco!

Todos se miraron a ver qué solución había, cuando el pensante del Príncipe dijo:

—Bueno, si amarramos el burro a la yegua mía que es más fuerte, estoy seguro de que esta lo pone a andar.

—Si es así, sí me monto—dijo el Gringo.

Amarraron el burro a la yegua del Príncipe. Todos se montaron. El burro levantó las orejas y, como buen burro, al ver el trasero de la yegua arrancó detrás de ella a una velocidad que no demostró en la subida al charco. El Gringo estaba asombrado pero feliz porque no tenía que lidiar más con ese burro pendejo y terco. Como el camino era en bajada, llegaron a los establos antes del anochecer. Estaba más fresco el camino de regreso porque ya no había tanto sol y estaban frescos y rejuvenecidos por la nadada en el charco; eso sí, tiesos por andar a caballo tanto tiempo.

—Como que nos tenemos que tomar unos aguardientes ahora en la discoteca para quitarnos el dolor de las piernas por andar tanto tiempo a caballo o burrito, como el Gringo —comentó el Negro, mientras se bajaba del caballo.

—Mato a quien diga algo sobre lo que pasó con el burro —dijo el Gringo al bajarse del animal, lanzándoles una mirada matadora.

Regresaron al pueblo y de inmediato entraron a la discoteca para tomarse unos tragos e iniciar la conquista de las muchachas. El Gringo se olvidó por completo de la novedad del burro, porque tenía entre sus manos a la prima del Príncipe. Rumbearon hasta altas horas de la madrugada y en ningún momento se hicieron comentarios sobre el burro.

Al otro día, con el guayabo de siempre, no solamente del alcohol, sino también porque iban de vuelta a la realidad, se regresaron a Maliquilla. Hablaron de cómo gozaron la noche con las muchachas, de la rumba y de la perdida al monte con la muchacha. En ningún momento les dio por hablar de la anécdota con el burro.

Como iban en el jeep del Negro, este dejó primero al Príncipe. Luego dejó al Flaco en su casa, y antes de que el Flaco entrara a su casa, el Gringo le dijo:

—Flaco, te recojo a la misma hora y espero que no estés dormido porque quiero llegar a tiempo a clase.

El Flaco contestó con una sonrisa:

—Seguro llegamos a tiempo si no me vienes a recoger en el burro.

El Negro y el Gringo se alejaron muertos de la risa.

VII
El suizo colombiano

Cuando se deja de frecuentar a los verdaderos amigos,
se pierde el equilibrio.
Michael Levine.

La enfermera sargenta llegó al cuarto de don Tonino con una bandeja de comida, y con una cara de brava, amargada y ojos penetrantes, les dijo a los tres viejos visitantes:

—Tienen que salir para que don Tonino pueda comer tranquilo.

Don Tonino inmediatamente le dijo a la enfermera sargenta:

—Ellos no van a ningún lado, o comen aquí conmigo o no come ninguno.

La enfermera sargenta lo miró con ojos inquisidores y se fue, como siempre, echando vapor como una locomotora vieja.

—Este Gringo tan viejo y todavía tan malgeniado —dijo el Flaco, acomodándose en la silla porque le dolía la pelvis por estar tanto tiempo sentado.

—¡Qué malgeniado ni qué nada! Simplemente quería compartir con ustedes y comer juntos. Deberían llamar a la cafetería para ver si les traen algo de comer. Más que todo a ti, Flaco, porque sigues tan raquítico como hace setenta años. Parece que nunca te hubieran dado la sopita —dijo el Gringo, mostrando su caja de dientes.

—Me parece buena idea —dijo el Negro, levantándose para hacer la llamada—. No caería mal una carnita asada con huevito, fríjoles, chicharrón, arroz, platanitos y juguito de maracuyá —seguía hablando el Negro, mientras movía las manos en su barriga.

—Este Negro, tan viejo y todavía comiendo su grasería como si tuviera veinte años —dijo el Flaco, mirándolo con sus lánguidos ojos.

—Desde un punto de vista científico y comprobado por la Scientific Board of Nutrition, donde escribí un artículo, la cantidad de comida ingerida genera un número enorme de calorías, que mediante el proceso de *fat conversion*, el metabolismo deja de absorber los nutrientes y convierte el noventa por ciento del resto en… —empezó a decir el Príncipe, como si estuviera dialogando con un grupo de científicos.

—Bueno, deja la pendejada. Lo que pasa con toda esa comida es que se vuelve simplemente caca. Recuerda mi Príncipe, caca, de lo que siempre hablas —dijo el Negro, muerto de la risa, mostrando sus dientes blancos.

—Y recuerda, Príncipe, tienes que ayudar a pagar la comida. No te va a dar dolor de estómago y ganas de ir al baño después de comer para no pagar la cuenta. Estás muy viejo para hacer esas pendejadas —dijo el Negro, mirando fijamente a los ojos del Príncipe.

—Mi Negro, ¿esos dientes son todavía los originales o te hiciste una caja de dientes perfecta? —preguntó el Gringo, mientras se quitaba la caja de dientes para poder tomarse la sopita—. Yo sí tengo que quitarme esta maldita caja de dientes porque me molesta mucho —continuó el Gringo.

—Caja de dientes necesitaba esa mujer que besaste en la discoteca de Silvana —dijo el Flaco al Gringo, moviendo la lengua muerto de la risa.

—¡Qué memoria la de este Flaco! Ahora recuerdo como entraba de fácil la lengua en su boca. Yo sí sospechaba que había algo raro y que era muy fácil. Luego de besarla, me miró a la cara y me sonrió. Para mi espanto y, sinceramente se me quitó la rasca, lo único que vi fue que le faltaban los dientes de arriba, como me faltan a mí ahora —dijo el Gringo, muerto de la risa, mostrando la encía de arriba, luego de quitarse la caja de dientes.

Así, todos los viejos empezaron a hablar al mismo tiempo, recordando anécdotas y cuentos. Discutían sin orden, como si fuera una reunión de viejas chismosas. Soltaban carcajadas, alzaban la voz y llenaban la habitación de una energía y un aire de juventud, mientras se transportaban al pasado a vivir una aventura más.

Era una mañana cualquiera, de un día cualquiera. El calor era sofocante, como siempre, que hasta los zancudos expulsaban aire caliente mientras zumbaban por las orejas del Gringo. Ese ruido era peor que una tortura china.

El Gringo mandó la mano a la oreja y se dio un golpe tan duro que dejó zumbando su oído. Al mismo tiempo dijo:

—¡Estos malditos zancudos sí que friegan, no dejan dormir! Ni la transpiración de alcohol de la borrachera de anoche los espanta. Bueno, por lo menos maté a ese desgraciado.

Mientras tanto, sonó el teléfono de la casa.

—Es para ti, es el Flaco. No te demores mucho porque estoy esperando una llamada —dijo la hermana menor al Gringo.

El Gringo fue al teléfono arrastrando los pies porque sentía el cuerpo pesado, no porque tuviera unos kilos de más, era por el guayabo tan tremendo que hacía que todo se congelara en el tiempo y se volviera más lento.

—¿Qué quieres mi Flaco, por qué llamas tan temprano? —dijo el Gringo con voz suave. No para no despertar a los otros miembros de la familia, sino por el fuerte dolor de cabeza que tenía.

—Gringo, recógeme en media hora porque se armó un paseo a Silvana con los otros muchachos y con unas peladitas chéveres. No traigas muchas cosas. Nos quedaremos acampando allá —dijo el Flaco al otro lado del teléfono.

Esta noticia fue como un baldado de agua fría para el Gringo, y no precisamente por lo inesperado, sino porque se le quitó todo el guayabo.

—Listo, mi hermano, estaré recogiéndote en media hora, pero eso sí, estás listo —dijo el Gringo, mientras se quitaba la camisa de la piyama.

—Para donde sea me voy, con tal de salir de este maldito calor y del zumbido de estos malditos zancudos —se dijo el Gringo, mientras se vestía para el paseo.

Así, una mañana cualquiera, con un calor sofocante, se convirtió en una aventura más para los muchachos sin nombre.

La caravana de jeeps iba rumbo a su destino a una velocidad fuera de los límites establecidos. Los jeeps parecían un bar andante. Dentro de ellos solo se veían las botellas de licor y el humo de los cigarrillos en medio de los gritos de sus ocupantes. Lo único que faltaba era la pista de baile.

La carretera a Silvana estaba en buenas condiciones, si se consideran buenas condiciones un promedio de cinco huecos por kilómetro en vez de diez, pero tenía más curvas que Miss Universo. Claro que no eran las curvas perfectas y lindas como dibujadas por Da Vinci y que hipnotizan hasta el bobo del pueblo con fantasías sexuales, que quedarían en sueños no más. Más bien era esa clase de curvas que produce un mareo como cuando se viaja en un barco a la deriva en una tormenta de la madona.

Estas curvas no trastornaban a los muchachos sin nombre. En realidad, ni se daban cuenta de ellas. No se daban cuenta de nada en el viaje, estaban tan ocupados en su parranda y hablando tanta paja que parecía que los jeeps los manejaba el Espíritu Santo o los ángeles guardianes de los muchachos. Apenas armaban paseo, a los pobres ángeles guardianes se les acababa toda la paz, tenían que prepararse para trabajar el triple. Los ángeles guardianes de los muchachos eran los mayores consumidores de Milanta para calmar tanto ardor en el estómago por el nivel de estrés producido por sus andanzas.

—Ya estamos entrando al pueblo. ¿Cómo así, cuándo llegamos? —preguntó el Flaco, mientras tomaba un sorbo grande de aguardiente.

—Voy a parar antes de entrar al pueblo porque tengo un miada atrasada. Se me está haciendo gárgaras lo que sabemos — dijo el Gringo, retorciéndose en el puesto del chofer porque se le iba a reventar la vejiga de tanto aguante.

—¡Yo lo acompaño, yo lo acompaño! —dijo el Chino, tomándose el concho de la botella.

—¿Ese milagro que el Chino dijo más de dos palabras? —dijo el Flaco, riéndose.

Los jeeps pararon intempestivamente en una curva. Todos los muchachos se bajaron del carro, como si hubieran visto un espanto, para encontrar alivio en la misma carretera sin importarles quién pasaba en ese momento.

—¿Viste esa pelada que pasó en el carro? ¡Qué bella!, ¿no? Creo que se le salían los ojos no por vernos a nosotros, sino por verme el flagelo —dijo el Flaco, sacudiéndose.

—Ese Flaco siempre pensando en flagelos, suena raro no —dijo el Príncipe, mientras se montaba al jeep.

Silvana era un pueblo muy pintoresco. Le decían el suizo colombiano porque quedaba en un cañón rodeado por bellas montañas de diferentes tonos de verde y con cuadros de diversos colores por los sembrados de los indios y campesinos en sus parcelas. Las montañas parecían pintadas y sus picos, cuando se podían ver, era como si llegaran al cielo. La mayor parte del tiempo los cubrían nubes grisáceas listas para soltar sus lluvias. Por un costado del pueblo corría el río Silvana, con agua pura, bastante fría y color oscuro, no por el barro o la mugre, sino porque venía del páramo. Sivana era un típico pueblo de clima frío. Sus casas eran blancas, de paredes gruesas, con jardines interiores, ventanales pequeños de madera y tejas rojas de barro. Había una calle que entraba hasta la plaza principal y salía por un costado de la plaza. En las afueras del pueblo había casas de veraneo de gente acaudalada de Maliquilla, que pasaba temporadas de vacaciones en sus casas finca haciendo asados, rumbas y reuniones de familia y amigos.

Los muchachos no iban a una de esas casas finca, porque, primero que todo, ninguno tenía, y segundo, aunque tuvieran no iban preparados para quedarse allí una noche. Lo único que llevaban era dos carpas viejas pequeñas para tres personas cada una. Afortunadamente había una planada al lado del río Silvana donde se podían armar las carpas, pero no había baños ni duchas. Los muchachos tenían dos opciones: no bañarse o bañarse en las heladas aguas del río Silvana.

Cuando llegaron a la planada, sin importarles la hora, en los jeeps sonaba la música salsa que tanto les fascinaba a los muchachos. Se bajaron y tiraron todo en un claro de la planada, como si fueran conquistadores poniendo la bandera de España para reclamar las tierras nuevas para la Corona. Eso sí, ni por el diablo hubieran tirado las botellas de licor porque las cuidadan como objetos preciosos.

No se sabe cómo ni cuándo pasó, pero en medio de la locura, la desorganización, la desconcentración, los gritos, los diálogos, el ir y venir de las botellas y el ambiente fiestero, las carpas quedaron armadas tan rígidas y perfectas como si lo hubieran hecho los soldados profesionales.

—Tengo un hambre la verraca. Estoy que me como una vaca. Vamos a la plaza a ver qué fritanga hay para comer —dijo el Negro, mientras se dirigía hacia la plaza.

No fue sino mencionar el caso del hambre, y todos los muchachos empezaron a marchar detrás del Negro como si fueran hacia el campo de batalla.

—¿Quién se va a quedar cuidando las carpas? —preguntó el Gringo.

—No hay problema, el Chino se quedó dormido en una de ellas. Con lo grande que es el Chino nadie se mete —dijo el Indio, apuntando hacia una de las carpas. En ella se veía al Chino tirado y medio salido de la carpa, roncando y en un sueño profundo, no por el cansancio sino por todo el licor que tenía adentro. Afuera estaba haciendo un frío terrible, pero los muchachos no sentían nada, y no porque estuvieran acostumbrados al frío, pues venían de tierra caliente, por no decir hirviendo, sino porque tenían suficiente energía calorífica y etílica en su cuerpo suficiente para calentar todo el pueblo.

El atardecer era de una belleza exuberante. El sol se estaba poniendo entre las montañas cuando llegaron a la plaza principal, y los iluminaba con unos colores intensos que hacían brillar los colores verdes y los cultivos de las parcelas. Era un paisaje de sueño para un pintor, pero a unos muchachos muertos del hambre les importaba un comino la belleza. La única belleza que les importaba era la femenina, que empezó a aparecer en la plaza y venía de diversos lados del pueblo.

Los muchachos devoraron una enorme cantidad de fritos y grasa, como preparándose para seis meses de hibernación o simplemente para una noche intensa de rumba.

—Bueno muchachos, allí en la esquina de la plaza hay un parche de niñas. Vamos a ver qué nos levantamos —dijo el Negro, caminando hasta el grupo.

—Está haciendo un frío el tenaz. Mejor nos metemos a la discoteca que está al frente. Estoy seguro de que habrá peladas de sobra —dijo el Príncipe, tiritando del frío.

—Parecen hembritas quejonas. Métanse a la discoteca y empiecen a tomar. Yo me voy con el Indio a ver si nos levantamos algunas de las peladas. Se ven como bonitas, pero con esta oscuridad, rasca y lejanía todas las mujeres se ven lindas —dijo el Negro, jalando al Indio hacia las muchachas.

El resto se metió a la discoteca. Al principio, la rumba estaba lenta y con poca gente. Los muchachos empezaron a tomar el licor tradicional de la región. Era un licor bastante anisado y feo pero, bueno, era licor y barato, y eso era lo que les importaba. Se tomaron la primera botella, la segunda, la tercera. El alto volumen de la música hacía incrementar el de sus voces. Ya no estaban dialogando sino gritando. La discoteca se llenaba cada vez más de gente joven de todas las clases, colores, sabores y olores. Entraban grupos, parejas, mujeres solas, hombres solos, medio mujeres y medio hombres solos. Era un ambiente de rumba. El fin de todos era gozar la vida y salirse del tremendo frío y calentarse a punta de licor, baile, cigarrillos y yerbita. Si estaba de buenas, también un apretón sabroso con una hembrita.

Las ganas de estar con el sexo femenino se mostraron en las caras de los muchachos, parecían animales listos para luchar a muerte por las hembritas.

—Allí hay una mesa con muchachas solas, se ven como buenas —dijo el Flaco, mientras miraba hacia una mesa en la esquina opuesta.

—¿Será que esperamos al Negro y al Indio para ver si vienen con las muchachas de afuera? —preguntó inocentemente el Gringo.

—¡Qué va! Seguro el Negro y el Indio ya se llevaron a las muchachas a las carpas para comérselas y no nos dijeron nada. ¡Vamos a la conquista muchachos! —dijo el Flaco, dirigiéndose hacia la mesa de las muchachas.

El Gringo y el Príncipe lo siguieron con una botella de licor. Sin pedir permiso, se fueron sentando en la mesa de las muchachas. Cada uno se puso a la tarea de la conquista ofreciendo trago e invitando a bailar. Se armó la pachanga sabrosa. El Príncipe, el Gringo y el Flaco se intercambiaban las hembritas y les daban traguito para emborracharlas para así convencerlas y llevarlas a la carpa.

—Tenemos que coordinar quién va a las carpas primero. Recuerden que las carpas son pequeñas y no cabemos todos. Seguro allí estará el Negro y el Indio clavando a las muchachas esas de afuera —dijo el Flaco.

—Yo me voy a conquistar a la peladita esta que está como buena. Me la dejan a mí —dijo el Gringo, mientras iba a sacar a bailar a la flaquita que le gustaba, o pensaba que le gustaba porque con el trago se veía divina.

Era ya muy de madrugada y los tres seguían rumbeando y tomando. Cada uno conquistó su peladita. Luego de unas cuantas botellas de licor y la calentura del buen baile, empezaron a besar a sus respectivas hembritas. Al principio eran piquitos en la boca y besitos en la nuca durante el baile. Al final, terminaron en tremenda chupada de trompa con manos y piernas moviéndose por todos los lados.

Las muchachas se disculparon para ir al baño. En ese instante, el Gringo le dijo al Flaco:

—Hermano, yo le meto la lengua y siento que entra fácil y no choca contra los dientes.

Las muchachas regresaron. Cuando la hembrita del Gringo se sentó a su lado, con la luz dándole en su cara, se sonrió. El Gringo entró en shock. Se le abrieron los ojos como si le estuviera dando un infarto o hubiera visto un duende o la pata sola. El Príncipe se dio cuenta y le dijo, moviéndolo:

—¿Qué te pasa Gringuito, te estás muriendo?

El Gringo no respondía, seguía en un trance de loco. De un momento a otro el Gringo se levantó y se fue de la mesa. El Príncipe y el Flaco se pararon preocupados por el Gringo.

El Flaco le dijo al Príncipe:

—Este Gringo nos dañó el parche con las peladas.

Encontraron al Gringo afuera en una de las bancas de la plaza.

El Flaco y el Príncipe le preguntaron al mismo tiempo:

—Gringo pendejo, ¿qué te pasó?

—Hermanos, yo me chupé a la hembrita toda la noche. No la veía bien por la oscuridad, pero me la estaba gozando, chupando y tocándola por todas partes. Estaba seguro de que tenía un polvo conquistado. Cuando regresó del baño, se sentó con la luz en la cara y me sonrió. Hermanos, no saben lo que vi —les comentó el Gringo todavía en shock.

—¡Bueno, Gringo pendejo, cuéntanos qué viste, cuéntanos! —le dijo el Flaco un poco acelerado.

—Hermanos, no lo van creer, pero a la pelada le faltan los cuatro dientes de arriba. Por eso es que mi lengua entraba sin problemas. La vieja es mueca y me la chupé toda la noche. ¡Qué asco tan verraco! —dijo el Gringo con cara de que iba vomitar.

El Príncipe y el Flaco soltaron la carcajada más grande que se podía oír en toda la plaza. Se retorcían de la risa. Al Gringo le dio rabia al principio, pero luego se despertó del shock. Se dio cuenta de la embarrada tan chistosa y empezó a reírse a carcajadas con el Príncipe y el Flaco.

El Flaco, muerto de la risa, dijo:

—Mejor no entramos de nuevo porque de pronto las otras peladas son muecas también.

Los tres se fueron caminando a la planada y a las carpas muertos de la risa, hablando de la anécdota, echando chistes y mamando gallo. Ya quedaban poquitas horas para que el sol saliera y el frío era tremendo. Tenían dos alternativas, dormir o seguir la rumba durante el resto del día.

Al llegar a las carpas, vieron al Negro y al Indio sentados al lado de una fogata con un grupo de muchachos y muchachas. Estaban hablando, tomando y muertos de la risa. Ya se había despertado el Chino y también estaba gozando del nuevo ambiente.

Todos se reían con unas carcajadas que podrían despertar a los habitantes del pueblo más fácil que los gallos.

—Hola, hermanos, ¿qué les pasó que estuvimos esperándolos en la discoteca? —dijo el Gringo, sentándose cerca de la fogata.

—No, hermano, fuimos a la conquista de las muchachas, ya las teníamos habladas, pero no querían entrar a la discoteca. Nos dijeron que querían ir a la planada. Nosotros felices porque pensamos que teníamos el polvo asegurado. Nos vinimos para la planada y armamos una fogata la tremenda por el frío tan verraco. Estábamos sentándonos cuando las peladas se fueron a una de las carpas cercanas, entraron y cada pelada salió con un mancito. No lo podíamos creer. Luego de tanto verbo y convencidos de que habíamos conquistado a las peladas, resultó que cada una estaba con su man. Se vinieron a la fogata y empezamos a conversar y a tomar. La fiesta resultó buenísima porque los manes tenían marihuana punto rojo. Armaron los varillos y empezamos a fumar todos como locos. Estamos con una traba increíble, muertos de la risa por cualquier pendejada. ¿Se quieren fumar un baretico? —contó el Negro riéndose y con los ojos rojos y desorbitados.

Ya no querían dormir, luego de lo que le pasó al Gringo, meterse un baretico era lo único que podía lograr que lo olvidaran. Empezaron todos a fumar. El Príncipe era un maestro armando los baretos, los hacía pequeños y con clase. El Gringo armó uno que parecía un tabaco cubano que había que fumarlo con horqueta.

Estaban todos trabados en una locura total, muertos de la risa y gozando la vida. El Gringo le contó al grupo la experiencia con la pelada de la discoteca. Todos soltaron una carcajada y se retorcían de la risa, no tanto por lo que pasó, sino más bien por la traba.

El sol empezó a salir iluminando las bellas montañas. Afortunadamente, no había llovido y todo estaba seco. Los muchachos no se dieron cuenta de la belleza esplendorosa de las montañas pintorescas y del sol picante que azotaba sus caras. Lo importante para ellos era solamente gozar del momento. No habían dormido en toda la noche, pero para ellos esto era normal. No había que perder tiempo durmiendo cuando se podía gozar la vida.

Al Gringo le dio por hacer unos huevos revueltos en la fogata. Los muchachos y las muchachas que estaban con ellos trajeron pan y salchichón. Todos comieron como si estuvieran en una fiesta de la corte de los reyes de Inglaterra en el siglo xv. Eso sí, siguieron muertos de la risa durante todo el desayuno.

El Chino se perdió del grupo en un segundo.

—¿Dónde se metió ese Chino pendejo, será que se nos ahogó en el río? —preguntó el Negro, mientras caminaba hacia el río.

Cuando el Negro estaba cerca del río, vio una cosa saltar para arriba y para abajo en el agua. Al principio pensó que era un animal extraño, pero se dio cuenta de que era el Chino que nadaba feliz en el río y trataba de no ser arrastrado por la corriente.

El Negro le gritó:

—¡Chino pendejo, te vas a congelar! ¿No está muy fría el agua?

—No, métanse — dijo el Chino, muerto de la risa.

El Negro le gritó al resto de los muchachos para que se metieran al río. Al principio todos dudaron por el frío, pero como estaban tan trabados no les importaba.

—El último que se meta es un pendejo —gritó el Príncipe, quitándose los pantalones y la camisa para meterse.

Los demás muchachos empezaron a hacer lo mismo, corrieron hacia el río y se metieron en el agua helada.

Las peladas y los muchachos que amanecieron con ellos también se metieron y unas cuantas personas más que estaban acampando en la planada.

Todos estaban tan trabados que no sentían el frío. Se bañaron por un rato hasta ponerse casi azules del frío. Luego salieron para calentarse con el poquito sol que había.

—¡Carajo, tengo tanto frío que no siento las pelotas! —exclamó el Gringo, tiritando como si sufriera de Parkinson.

—¿Cuáles pelotas mi Gringo¿ ¡Si nunca has tenido! —dijo el Príncipe, muerto de la risa y con los labios azules.

—Bueno, no puedo competir con el que le gana a los toros, como usted, mi Príncipe —dijo el Gringo haciendo reír a todos.

Pasaron toda la mañana en el río. El agua fría les ayudó a que se les bajara la traba a todos. Se cambiaron y se fueron para la plaza a comer lo que fuera. Luego se volvieron a desmontar la carpa para organizar el viaje de regreso.

Antes de empezar el retorno, por fin uno de los muchachos se dio cuenta del espectáculo de las montañas pintorescas.

—¡Qué belleza de montañas y campo! Vamos a caminar un poco para aprovechar la naturaleza, respirar aire puro y limpiarnos los pulmones y la mente —dijo el Gringo.

Todos empezaron a caminar por un sendero al lado del río. El sendero estaba entre unos árboles de eucalipto altos y preciosos que emanaban un aroma penetrante. Sentir ese aroma y el viento fresco en sus caras los llenaba de felicidad. Encontraron una piedra grande y se sentaron todos en silencio a contemplar el río, la belleza del campo y las voces del viento. Increíblemente todos estaban tranquilos, en paz. No se sabe si era por la belleza que los rodeaba o porque simplemente, como se les había bajado la traba, ya estaban cansados.

Se quedaron allí un buen tiempo en silencio, contemplando cada uno a su manera el paraíso que los rodeaba.

—Hermanos, con esta belleza, qué pereza volver al calor de Maliquilla a matar zancudos y sudar la gota fría —exclamó el Gringo, finalmente.

Todos miraron al Gringo en silencio. Sus ojos decían que estaban de acuerdo, qué pereza regresar y qué jartera regresar a la realidad.

En silencio se fueron hacia los jeeps. Ya se habían ido todos los de la planada. Las muchachas y los muchachos con quienes pasaron un excelente rato ya no estaban. Era como si se hubieran esfumado con el viento. Los muchachos no recordaban ni sus nombres.

Se montaron a los jeeps y empezaron el viaje. El regreso fue muy diferente. Los muchachos en vez de conversar, miraban los bellos paisajes contemplando todo lo que se habían perdido de ver. Algunos se quedaron dormidos, como el

Flaco. Esta vez, todos sintieron las curvas de la carretera, ninguno pensaba en las curvas de las muchachas. Todos pensaban en el viaje de regreso.

Al Gringo ya se le había olvidado el acontecimiento de la muchacha mueca. No se habló más de eso por el resto del día ni por muchos años más. Fue un episodio de la vida que ya había pasado y que quedaría grabado en la memoria.

Ya estaba oscureciendo cuando llegaron a Maliquilla. Pararon en un comedero para comer por última vez juntos ese día y para despedirse de los ocupantes del otro jeep. Luego continuaron con el viaje de regreso. Cada chofer dejó a sus ocupantes en sus respectivas casas. No había risas ni gritos ni puños ni la energía que irradiaban cuando estaban en Silvana. Solamente había silencio, una sonrisa, un apretón de manos, un abrazo, un adiós y hasta la próxima.

El Gringo llegó a la casa del Flaco y se despidió de él con un buen apretón de manos. En silencio, el Flaco se salió del jeep y empezó a caminar hacia la puerta de su casa.

El Gringo lo llamó, el Flaco giró y el Gringo le dijo:

—Flaco, mañana te recojo a la hora de siempre. No te vas a quedar dormido, no quiero llegar tarde a la universidad.

Así se terminó una aventura más.

VIII
La Santa Catalina

"Dos son mejores que uno; porque tienen una buena recompensa por su trabajo.
Porque si caen, uno levantara a su compañero:
pero que desgracia para aquel que no tiene a otro
que lo ayude a levantar.

Eclesiastés 4:9-10 5.

Don Tonino terminó de comerse la comida que le trajo la enfermera sargenta, si se le podía llamar comida a eso, porque parecía más como una plasta por lo blandita que estaba. Era que don Tonino, con sus dientes malos, no podía comer nada duro, como una carne asada, un chicharrón grasoso o una sobrebarriga a la criolla. Simplemente se tenía que limitar a puré de papa, arrocito, gelatina y puré de lo que fuera. Realmente era mejor no preguntar qué ingredientes tenía el puré para no perder el apetito.

Los otros viejos comieron lo mismo. Se veían las muecas en sus caras, no porque tuvieran dolor al masticar, sino porque la comida era muy fea.

—Siento que me acabo de comer un pedazo de cartón —dijo el Flaco, haciendo muecas de disgusto.

—¿Sí saben que según el *Harvard Medical Journal* y los mejores científicos PHD, los nutrientes molidos alimentan un doscientos por ciento más, porque el cuerpo mediante proceso de *Gastric Digestion*, ingiere y distribuye proporcionalmente las vitaminas y enzimas en…? —empezó a decir el Príncipe, como si estuviera dando una lección en la universidad.

—¡Qué vitaminas ni qué caca! Lo único que esta comida me ha dado es un dolor de estómago el verraco, estoy que voy al baño. Eso sí, también tengo una miada, porque esta vejiga vieja no aguanta. Príncipe, acompáñame al baño para que me ayudes por si acaso me caigo —dijo el Flaco, sobándose el estómago y parándose para ir al baño.

El Flaco y el Príncipe cogieron sus bastones y se dirigieron hacia el baño, con tanta lentitud que seguramente cuando llegaran tendrían unos años más, si antes no pasaban a mejor vida.

—Ese par, tan viejos y todavía se van juntos al baño a orinar, como en los viejos tiempos —dijo el Negro, muerto de la risa.

—Y qué lentos ¿no?, parece eterna su caminata al baño —dijo don Tonino, mirándolos.

—Esto me trae a la memoria el viaje a Papayal que hicimos juntos en la moto tuya que casi no llegamos, ¿recuerdas? —dijo el Negro, también mirando al par de viejos caminando hacia baño.

—Sí, sí, ahora recuerdo bien, que nos demoramos casi el triple del tiempo normal —comentó con entusiasmo don Tonino mirando al Negro.

—Sí, qué viaje tan largo. Si no hubiera sido por esa canción que cantamos todo el camino, el viaje se nos hubiera hecho una eternidad. ¿Cómo se llamaba esa canción, la Santa qué? —preguntó el Negro, haciendo un esfuerzo para recordar.

—Sí, sí, ¿la Santa qué?, ¿cómo era? La Santa Catalina… —exclamó don Tonino con entusiasmo.

—¡Ahora recuerdo! —exclamó el Negro y empezó a cantar:

—La Santa Catalina, pilo, pilola, la Santa Catalina, pilo, pilola, era hija de un rey, un rey, un rey, era hija de un rey, un rey, un rey… Don Tonino recordó con alegría y cantó a dúo con el Negro. Eso sí, no parecían los mejores tenores españoles. El canto era con la voz ronca de viejos. Los dos movían las manos y todo el cuerpo mientras cantaban más alto.

En ese momento entró la enfermera sargenta a recoger los platos de la comida y dijo con su cara de bulldog:

—¡Cállense, que van a molestar a los demás pacientes en el hospital con ese canto espantoso!

Don Tonino y el Negro no le pararon bolas a la enfermera sargenta. Siguieron cantando más alto, a todo pulmón, o el poco pulmón que les quedaba. Cantaban con una alegría enorme, mientras que sus mentes regresaban a los recuerdos de una aventura más.

Un sábado cualquiera, el Gringo se levantó temprano. Era la primera vez en mucho tiempo que no estaba enguayabado luego de tomar con los muchachos sin nombre hasta altas horas de la madrugada. El día anterior se había acostado temprano porque tuvo un día pesado de exámenes finales. Esta era la excepción de su vida normal. Se levantó temprano no tanto porque le gustara, sino porque estaba acostumbrado a acostarse en la madrugada. Más que todo porque sentía en su cuerpo cierta necesidad de hacer algo, como si fuera un pecado acostarse temprano la noche anterior.

El Gringo le pidió a doña María, la muchacha del servicio, un buen desayuno de huevos pericos, tostadas y café con leche. Doña María era una señora negra que llevaba mucho tiempo con su familia. No se sabía cuántos años tenía, porque ella no recordaba su fecha de nacimiento. Como una buena negra, no se le veía ni una arruga o pelo blanco en señal de su vejez.

—Joven, ese milagro que se acostó temprano ayer. ¿Está enfermo? —preguntó doña María.

—No, solamente estaba cansado de los exámenes, no más —contestó el Gringo.

—Joven, los milagros ocurren, lo milagros ocurren —dijo doña María, mientras servía el desayuno.

—No tanto doña María, no tanto. Milagros los que hace usted con estos maravillosos desayunos —dijo el Gringo, mientras se tomaba el sabroso café con leche.

Luego del desayuno, el Gringo se bañó tranquilo porque sus hermanas estaban dormidas. Él sabía que no tenía que bañarse de afán para dejarles agua caliente. Como si le importara. Siempre se tomaba todo el tiempo en el baño mientras que sus hermanas gritaban y azotaban la puerta para que saliera.

Ya estaba listo y arreglado. De un momento a otro se dio cuenta de que no tenía nada qué hacer. Sintió una angustia existencial que lo puso nervioso y empezó a entrarle un desespero por hacer algo. Cogió las llaves de la moto pequeña Yamaha, 50 centímetros cúbicos y el casco azul que parecía más grande que la misma moto.

Sus padres habían salido temprano y sus hermanas todavía seguían dormidas. La única despierta era su abuela doña Mariona, que con su avanzada edad se sentaba a mecerse en la pequeña sala de televisión.

—Abuela, me voy a dar una vuelta en la moto. No sé a dónde voy. Yo llamo cuando llegue. ¡Te amo abuela! —gritó el Gringo, saliendo de la casa.

Doña Mariona solamente miró creyendo que alguien le estaba hablando.

El Gringo arrancó en su moto Furia, no porque fuera de alto cilindraje y alcanzara altas velocidades, sino porque su marca era Furia. Cogió sin rumbo conocido por las calles de Maliquilla. Iba por la calle quinta de Maliquilla cuando se le vino a la cabeza pasar a ver al Negro porque estaba cerca de su casa. No se sabe si quería visitar a su amigo o saborear los deliciosos platos que hacía la mamá del Negro.

Paró la moto frente a la ventana del cuarto del Negro y le gritó:

—¡Negro pendejo, despiértate y abre la puerta! ¡Con seguridad todavía estás borracho!

La puerta de la casa del Negro se abrió y allí estaba el Negro completamente vestido y bien despierto.

—¿También te acostaste temprano ayer? —preguntó el Gringo.

—Sí, mi hermano, y me desperté desubicado con ganas de hacer algo —le contestó el Negro, mientras lo invitaba a entrar a la casa.

—Me pasó lo mismo, mi Negro. Estoy con ganas de hacer algo. Ir a algún lado en la moto —dijo el Gringo, mientras caminaba directamente hacia la cocina de la casa del Negro porque olfateaba el delicioso aroma de la carne asada.

—No sé, mi hermano, no sé para dónde ir —dijo el Negro, cerrando la puerta.

—Tengo ganas de probar la moto en viaje largo. Estoy seguro de que esta moto tiene fuerza para trepar montañas y viajar largas distancias —dijo el Gringo, mientras se sentaba en la mesa de la cocina.

—¡Qué va, esa moto es muy pequeña, no subiría ni medio kilómetro! —le contestó el Negro, mientras se sentaba al otro costado de la mesa.

—La única forma como podemos saberlo es probándola. Tenemos que ir a un lugar lejos, ¿pero a dónde? —preguntó el Gringo con ansiedad esperando la carnita asada.

—Tiene que ser una carretera donde no haya tantas montañas altas y que conozcamos —dijo el Negro, mientras se levantaba a servirse la carne.

—La única carretera que conozco bien es la de Papayal, porque he ido muchas veces allá a visitar a mis primos —dijo el Gringo, mientras seguía al Negro a servirse también carne asada, como si fuera dueño de la casa.

—Pues vámonos para allá, probamos tu teoría, hacemos visita y regresamos —dijo el Negro, cortando un buen pedazo de carne.

—¡Excelente idea, te voy a probar mi teoría, mi Negro, te la voy probar! —dijo el Gringo, metiendo un buen pedazo de carne en su boca.

El Gringo y el Negro siguieron hablando mientras disfrutaban la comida. Luego el Negro cogió su casco y los dos se montaron a la moto. Antes de arrancar, el Gringo le dijo al Negro:

—Hermano, estoy seguro de que hacemos el viaje en dos horas no más.

—Como tú digas, mi Gringo —dijo el Negro con una sonrisa irónica y dándole una palmada en la espalda.

Arrancaron y como una buena Furia pasaron por todos los costados, carros, motos, huecos que encontraban, sin ningún orden y preocupación por sus vidas. Lo único que les importaba era salir de Maliquilla lo más rápido posible y coger rumbo a Papayal.

Finalmente cogieron la recta inicial a Papayal, luego de unos cuantos sustos y milagros de no chocarse o llevarse a un peatón por delante.

El Gringo le metió toda la velocidad a la moto, sin embargo, por el bajo cilindraje solo llegaba a ochenta kilómetros por hora. Los dos muchachos sin nombre se agacharon para cortar el viento y así andar más rápido, pero realmente era porque estaban desesperados por todos los bichos raros que se chocaban y se aplastaban en los cascos, ropa y cara.

La moto Furia pasaba únicamente los camiones que iban más lentos, los demás siempre los adelantaban. El Gringo trataba de acercarse a cualquier moto que lo estuviera pasando, pero la Furia no daba más. El sueño del Gringo se desvanecía mientras que la otra moto se alejaba.

Luego de andar un buen rato, los dos muchachos pararon en Santadilla, que era el pueblo antes de empezar las montañas hacia Papayal. Se bajaron de la moto quejándose, mientras se enderezaban. Tenían los músculos magullados de estar tanto tiempo sentados en la moto. Se quitaron los cascos y parecía que estuvieran salpicados de pintura verde. Eran los bichos aplastados.

El Gringo conocía bien el pueblo porque cada rato pasaba por allí cuando iba a visitar a sus primos. El día estaba muy caliente, como siempre. Los dos sudaban la gota fría mientras entraban a un restaurante.

—Este restaurante tiene la mejor sobrebarriga del mundo —le dijo el Gringo al Negro.

—Bueno, mi hermano, espero que sea bueno como dices —le contestó el Negro, mientras se limpiaba todos los bichos aplastados.

—Sí, mi hermano, aquí siempre paraba al almorzar con mis padres —le dijo el Gringo, también quitándose los bichos.

—Mi Negro, ahora que veo la casa esa del frente, allí vivía la Mona que conocí cuando vine a rumbear hace unos años acá —le comentó el Gringo, todavía limpiándose todos los bichos muertos pegados a su ropa.

—Sí, recuerdo que me contaste. Te dejó loco la Mona esa —le dijo el Negro, mientras estiraba los brazos y las piernas que las tenía bien entumidas por estar tanto tiempo sentado en la moto.

—Voy a pasar a ver si todavía vive allí. Eso sí, luego de almorzar porque tengo un hambre la tremenda —dijo el Gringo, también estirando todas sus extremidades, pero de las visibles.

Los dos pidieron la sobrebarriga a la criolla y unas cervezas bien frías para refrescar la garganta, no solo por el calor sofocante, sino también por la cantidad de bichos que se tragaron durante el camino. Para el asombro del Negro, llegó un pedazo enorme de sobrebarriga con bastantes gordos. Estaba completamente tapada de cebolla con tomate, arroz blanco, patacones y ensalada. Los dos, sin hablar, sin mirar a su alrededor, devoraron el suculento plato con muchas ganas y como si no hubieran comido en un mes entero. Lo pasaron con más cerveza fría. Luego de terminar semejante plato, se quedaron sentados mirándose. No intercambiaron palabras mientras que sus barrigas llenas, pero los corazones contentos, digerían la abundancia que acaba de ser depositada en ellas.

—¿Te digo la verdad? No me faltan las ganas de ver nuevamente a la Monita, pero se está siendo tarde y todavía tenemos muchos kilómetros por andar, y peor aún que apenas vamos a subir las montañas. Podemos parar al regreso para saludarla —dijo el Gringo, jugando con un palillo en la boca, moviéndolo de un lado al otro.

—Por mí, está bien. ¡Qué llenura, estoy que me exploto! Espero que aguante toda la comida ahora con las curvas que vienen —dijo el Negro, mientras se sobaba la panza.

Como buen Negro, no tenía barriga de gordo, sino que era completamente plano. Para el común de la gente era imposible de entender con todo lo que comía y bebía el Negro. Su secreto no eran los genes, sino las continuas bailadas de salsa hasta altas horas de la noche, que parecía que hiciera ejercicios aeróbicos todos los días.

Luego de descansar unos momentos, hablando como siempre sobre algo sin importancia, con risas y más cervezas, continuaron el viaje hacia Papayal.

—Negro pendejo, no me abraces como si fuera tu marido, parecemos un par de dañados —gritó el Gringo por su casco, tambaleándose, tratando de equilibrar la moto mientras cogía velocidad.

—Mi Gringo, es que me encanta agarrar estos gorditos sabrosos —gritó el Negro, muerto de la risa. El Gringo ni se dio cuenta porque estaba concentrado en no chocarse con algún camión, carro, carretilla con burro, peatón o jornalero a caballo. También para no llevarse por delante los borrachos que trataban de mantenerse en pie caminando sin rumbo.

Al principio todo iba bien porque las lomas no eran altas. El tramo subiendo era corto comparado con el tramo bajando. Así, el chofer podía incrementar la velocidad en las bajadas, ayudado por el peso de los dos. Eso sí, el Gringo, como un corajudo, o mejor, pendejo por no medir el peligro, pasaba todo camión o carro y no le importaba si venía un vehículo en sentido contrario.

Todo indicaba que iban a recuperar el tiempo y a llegar a Papayal en el tiempo estimado. Los dos no estaban preparados para el cambio de clima una vez en las montañas. De un momento a otro empezó una tempestad con gotas inmensas que azotaban fuertemente los cuerpos y las caras de los muchachos, minimizando la visibilidad. En minutos, los dos estaban empapados como si se hubieran tirado con toda su ropa en un río.

La mojada más el frío intenso fueron motivos para que el Gringo redujera la velocidad. También porque en la carretera se empezaron a formar charcos en todos los huecos.

—No siento las manos por este frío tan tremendo —gritó el Gringo, girando su cabeza hacia atrás tratando de mirar al Negro con la lluvia azotando su cara.

—Sea macho, mi Gringo, para adelante —gritó el Negro, mientras limpiaba la lluvia de su cara.

Sin darse cuenta, el Gringo se metió a un charco de agua café que salpicó a los dos muchachos y la moto se apagó totalmente en mitad de la carretera. El Gringo hizo maniobras para mover la moto a un costado para que ningún vehículo se los llevara por delante por la poca visibilidad en medio de ese aguacero.

—¿Que le pasó a la nave, por qué se apagó? —preguntó el Negro, bajándose de la moto.

—¡No sé, no sé! Tenemos que mirar a ver qué es —dijo el Gringo, mientras miraba la moto por todos lados.

Pasaron varios minutos. Trataron de descifrar por qué se había apagado la moto, mientras seguía lloviendo a cántaros y ya no podían mojarse más de lo que estaban.

Al Gringo le dio por secar la bujía. Como milagro de Dios la moto prendió. Así pudieron arrancar de nuevo y seguir el viaje tiritando del frío.

—Negro, ¿no tienes un aguardiente para calentarnos? —gritó el Gringo.

—No, mi hermano, no traje, en el siguiente pueblo compramos, porque este frío sí está tremendo con el viento y la lluvia —dijo el Negro, moviendo sus labios ya morados por el frío.

La lluvia siguió sin cesar por una hora. Los valientes muchachos siguieron el camino, pero eso sí parando cada rato cuando se les apagaba la moto porque se mojaba la bujía. La hora se les hizo eterna. Cuando dejó de llover se dieron cuenta de que habían avanzado unos cuantos kilómetros no más.

—Allí hay una tienda. Paremos a ver si nos tomamos algo caliente o un aguardiente para calentarnos —dijo el Gringo, maniobrando la moto hacia la tienda.

Entraron a la tienda escurriendo agua por todos lados. Caminaban como vaqueros luego de un viaje largo a caballo, pero era porque no podían caminar normal debido a la incomodidad de la ropa mojada. Se tomaron un buen cafecito con leche caliente y comieron pandebono. También se tomaron unas copas de aguardiente para calentarse.

—Así como vamos, no llegaremos nunca a Papayal —dijo el Negro, mientras se tomaba una copa de aguardiente.

—Ya no podemos dar reversa, para adelante no más —dijo el Gringo, tomándose también una copita.

Cuando ya se sentían mejor, ya que estaban más calientes por los tragos y más secos, se montaron en la moto como si nada hubiera pasado y siguieron el viaje.

La carretera empezó a elevarse con tramos más largos. Con el peso de los dos y la moto en primera apenas subía lentamente. A los dos muchachos les tocó acomodarse en la moto para balancearla y así no caerse al suelo. Con cada subida, más pendiente, se hacía más lenta. Si querían, uno podía bajarse a caminar al lado de la moto y ambos andarían a la misma velocidad.

Cada segundo el viaje se hacía más tedioso y los dos empezaron a aburrirse por la lentitud con la que avanzaban.

—Gringo, hunde más la chancleta para aumentar la velocidad —gritó el Negro, desesperado.

—¡No da más, la tengo a máxima velocidad y en primera, porque si la paso a segunda, se queda, se queda! —gritó el Gringo, maniobrando la moto.

—¡Qué vaina tan aburrida, nunca vamos a llegar! —gritó el Negro, moviéndose un poco para balancear la moto.

—¡Negro, bueno, haz algo porque yo no puedo hacer nada más! ¡La moto no da más! —gritó el Gringo, resignándose al acontecimiento.

El Negro en vez de seguir quejándose y también completamente resignado empezó a cantar:

—La Santa Catalina, la Santa, ¿cómo es la canción?, no recuerdo bien.

El Gringo trató de recordar cantando:

—La Santa Catalina era hija de…, no recuerdo bien.

El Negro levantó la cabeza y se le alumbró diciendo:

—Ya recuerdo la canción. Es así:

—La Santa Catalina, la Santa Catalina, era hija de un rey, un rey, un rey. La Santa Catalina, la Santa Catalina, era hija de un rey, un rey, un rey, era hija de un rey, un rey, un rey.

El Gringo se animó a cantar también y cantaron cada vez más fuerte y al final casi a gritos.

Algunos de los campesinos que vivían en sus casas de bahareque al lado de la carretera, salían a ver qué era la bullaranga que oían. Quedaban asombrados al ver a dos hombres con cascos más grandes que la moto cantando a todo pulmón, mientras subían lentamente la carretera empinada. Con seguridad los campesinos pensaban que esos dos estaban locos de remate. Sí estaban completamente locos, pero de la alegría. Cada vez cantaban más y más alto.

No dejaron de cantar hasta que divisaron a Papayal en el horizonte cercano. Sintieron alegría porque sabían que faltaba poco para llegar. No se dieron cuenta de la hora o el tiempo del viaje desde cuando empezaron a cantar.

Entraron a Papayal a toda velocidad porque el último tramo era en bajada y plano. Llegaron a la casa de los primos del Gringo.

El Gringo apagó la moto y se bajaron.

—¿Qué hora es? ¿En cuánto hicimos el viaje? —le preguntó el Negro.

El Gringo miró su reloj y cuando se quitó el casco tenía una mirada de asombro.

—¿Qué te pasa, mi Gringo? —le preguntó el Negro.

—¡Hermano, hicimos el viaje en seis horas, seis horas, tres veces más de lo normal! —exclamó el Gringo.

—Te dije, mi Gringo, que era imposible hacerlo en el tiempo que dijiste — dijo el Negro, muerto de la risa, apuntando hacia el Gringo.

Los dos muchachos estaban listos para tocar la puerta de la casa de los primos del Gringo. De repente, la puerta se abrió y salió uno de los primos que llamaban el Mico.

—Primo, ¿qué estás haciendo acá? ¡No sabía que venías! —dijo el Mico, abrazando al Gringo.

—Acabamos de llegar en la moto en un viaje de seis horas. Estamos mamados. Quería visitarlos —dijo el Gringo.

—Pero primo, es que ya nos vamos para la finca que tenemos en el valle de Padia —dijo el Mico, abriendo la puerta del garaje.

—¡Qué falla!, porque queríamos quedarnos en Papayal a descansar y rumbear con las amigas por la noche —dijo el Gringo con cara de decepción.

—Primo no hay caso, nos tenemos que ir para la finca. ¿Por qué no vienen con nosotros? Es bien sabroso, hay caballos para montar, podemos arriar el ganado y bañarnos en el río Padia. El clima es caliente y pasaremos sabroso —dijo el Mico, animando a su primo y al Negro.

El Gringo y el Negro se miraron. Sin decir una sola palabra ni pensarlo dos veces, vieron una oportunidad de una aventura más.

—¡Claro que sí, primo, vamos para allá! Solamente te pido el favor de que me dejes guardar la moto en el garaje —dijo el Gringo con voz animada.

—¡Qué chévere que van a venir! —dijo el Mico—. Solamente hay una cosa que me faltó decirles —continuó el Mico.

—¿Qué es? —preguntaron los dos muchachos al mismo tiempo.

—Es que nos vamos en un solo jeep, que va lleno de maletas y vainas para la finca. Tienen que ir en la parte de atrás bien incómodos —dijo el Mico, apuntando hacia el jeep.

—¿Y cuánto tiempo es el viaje? —preguntó el Negro.

—Como dos horas no más, dos horas no más —dijo el Mico.

—Pues sí, ya acabamos de viajar seis horas con lluvia, aburrimiento, apagada de moto, cantando, lentos, ¿que más nos puede pasar? —exclamó el Negro—. Vamos, solamente son dos horas más —continuó diciendo el Negro.

Así, los dos muchachos se olvidaron por completo del martirio del viaje en moto que acaban de hacer y se animaron a emprender su nueva aventura. Se acomodaron en la parte de atrás del jeep, con las piernas subidas y retorcidas. No se podían mover un centímetro por el poco espacio. No importaba la incomodidad si iban a seguir gozando la vida.

—Primo, ¿están listos atrás? —preguntó el Mico.

—¡Listo, primo, si se puede decir listos con esta incomodidad! —exclamó el Gringo, tratando de acomodarse.

—Recuerden que son dos horas no más, dos horas no más —dijo el Mico, mientras arrancaba el jeep rumbo a la finca de Padia.

La carretera a Padia era peor que un camino de herradura, había más huecos, por no decir cráteres, que en la luna. Los dos muchachos no podían moverse ni un milímetro, sus cuerpos se zarandeaban de un lado para el otro y sus cabezas se azotaban contra el techo del jeep.

—¡Primo, primo, mérmale a los huecos! Recuerda que no llevas ganado acá atrás —gritó el Gringo.

El Mico solamente se reía con los otros dos primos que iban adelante. Se hacía el loco mientras disfrutaba de las quejas, alaridos e incomodidad del Gringo y el Negro.

El camino a Padia parecía eterno, de nunca acabar, como si estuvieran yendo a lo más profundo del infierno. Eso de dos horas era la mentira más grande del mundo. El Mico mintió respecto a esto para hacerle la maldad a su primo. El viaje duró casi cinco horas. Cuando por fin llegaron a la finca y pararon, parecía que hubiera ocurrido un milagro. Se les acabó el calvario a los dos muchachos sin nombre.

El Mico abrió la puerta de atrás del jeep diciendo, muerto de la risa:

—¿Qué tal el viaje? ¿Cómo están los muchachos? ¡Pobrecitos! ¿Un poco adoloridos?

Los dos muchachos se demoraron en bajarse del jeep porque sus cuerpos estaban totalmente entumidos.

—¡Primo, me las vas a pagar un día, te lo juro, te lo juro! —dijo el Gringo, mientras estiraba las extremidades que sonaban y crujían como si tuviera los huesos rotos.

Afortunadamente, en la finca estaban preparando una gran comida para los visitantes. Era tanta comida como para alimentarlos por un año entero. Después de cinco horas aguantando huecos, calor, polvo, maldades, los muchachos estaban tan hambrientos que comieron todo lo que les ponían al frente. Al mismo tiempo, se olvidaron completamente del viaje y de la maldad del Mico.

Ya estaba oscuro cuando llegaron a la finca. No pudieron hacer mayor cosa sino comer, arreglar las camas y descansar. Había un solo cuarto grande con varias camas y un solo baño con agua fría, porque Padia era hasta más caliente que Maliquilla. Después de la comida, los muchachos se bañaron con el agua fría para limpiarse todo el polvo y la mugre del viaje. Todos estaban muy cansados. Luego del baño y de la cantidad enorme de comida, decidieron acostarse para madrugar al otro día a gozar en la finca.

Al apagar la luz, el cuarto quedó tan oscuro que no podían ni ver la mano frente a sus ojos. Antes de quedarse dormidos, el Mico dijo:

—Muchachos, ojo con los alacranes que son enormes. Caen del techo y si pican no hay caso sino enterrarlos acá en la finca porque no hay puesto de salud cercano.

Al principio se pusieron nerviosos, pero era tanto el cansancio que no les importó y se quedaron dormidos.

No se sabe qué horas eran, pero el Gringo abrió los ojos de un susto el tremendo. Sintió que algo le cayó del techo y que estaba encima de la cobija, por el estómago. El Gringo sintió que algo se movía. Lo primero que se le ocurrió hacer fue salir corriendo, pero se quedó petrificado del susto. Lo único que alcanzó a decir en voz alta fue:

—¡Mico, Mico, hay algo encima de mí que cayó del techo! ¡Mico despiértate!

El Mico le respondió:

—Primo, no te muevas. Seguramente tienes un alacrán encima que se cayó del techo. No te muevas porque te pica y hasta aquí llegas.

Al Gringo le entró pánico pensando que se iba a morir tan joven. Empezó a gritar casi llorando:

—¡Primo, quítamelo, quítamelo, no me quiero morir tan joven!

—Cuando cuente tres, tiras la cobija para un lado y te levantas de un solo brinco —le dijo el Mico con voz seria.

El Mico empezó a contar. Antes de tres el Gringo tiró la cobija para cualquier lado y brincó de la cama como si fuera campeón de salto alto.

—Prende la luz, prende la luz, para matar ese desgraciado —gritó el Gringo con voz de desesperado.

Hubo un corto silencio. Los otros que estaban en el cuarto no aguantaron y soltaron una carcajada enorme. El Gringo prendió la luz y encontró a sus primos y al Negro atacados de la risa.

—¡Cómo así que se ríen! ¡Pendejos, casi me muero y ese animal todavía está por ahí! —les gritó el Gringo, furioso.

El Mico, muerto de la risa, le tiró algo a su primo, diciendo:

—¡Aquí está tu alacrán!

El Gringo pegó un brinco hacia atrás, enredándose con un asiento y cayó al piso del susto. Los muchachos empezaron a reír más fuerte.

Cuando el Gringo se pudo recuperar de la caída, vio que a su lado había un palito. El Gringo no entendía lo que pasaba y buscaba por todos lados el alacrán.

El Mico, atacado de la risa, le dijo:

—Primo, allí está tu alacrán. Era simplemente un palo que te tiramos para hacerte la maldad.

Los otros seguían toteados de la risa.

Lo único que dijo el Gringo, empezando a reírse también:

—Manada de pendejos. Me las van a pagar, me las van pagar.

Así fue la primera noche en la finca de Padia y así empezaron a gozar, como siempre, los muchachos sin nombre.

Al otro día se levantaron para irse a bañar a la quebrada. Lo primero que hizo el Gringo fue tirarle el palo al Mico, diciendo:

—Te devuelvo tu alacrán para que te lo metas por donde sabemos.

Todavía con risas, todos estaban preparándose para otra anécdota y para seguir gozando la vida.

Pasaron todo el día jugando como niños, aunque todos eran muchachos de más de veinte años. Primero jugaron a la guerra, los alemanes contra los aliados. Se formaron dos grupos y cada uno cavó trincheras con palos o cualquier cosa que encontraron. Usaron palos como armas y como niños se disparaban y se hacían los muertos. Se subían a los árboles como francotiradores, y se revolcaban en la arena a la orilla de la quebrada. Parecía que estuvieran en un jardín infantil. Realmente se sentían niños de nuevo y felices jugando. Luego de jugar a la guerra, jugaron futbolito, quemado y otros juegos. Por la tarde, ensillaron los caballos. Se fueron a ver el ganado y luego al río grande a bañarse. El río Padia era turbulento, con gran corriente y de color marrón por toda la tierra que llevaba. Tenía unos remolinos gigantescos y bajaba de todo lo imaginable. Llegaron a la orilla del río para atravesarlo a nado. Amarraron los caballos a una rama grande de un árbol frondoso que daba sombra al espacio donde estaban. El Mico les explicó que se tenían que dejar llevar por la corriente e ir nadando poco a poco hacia la playa al otro lado, que se veía como a un cuarto de kilómetro. También comentó que si se lo tragaba un remolino que estuvieran tranquilos porque el remolino los sacaba. Al principio, el Gringo y el Negro estaban muertos de susto con solo ver el río caudaloso, pero como buenos muchachos intrépidos se lanzaron para conquistar la otra orilla. Afortunadamente, todos llegaron al banco de arena sin novedad, pero bien cansados por el nado y la lucha con la corriente.

Para regresar, era la misma odisea. Tuvieron que caminar unos dos kilómetros río arriba para tirarse y hacer lo mismo para llegar al banco de arena donde estaban los caballos. El Negro, en vez de nadar, cogió un tronco que encontró al lado del río, se lanzó con él para flotar río abajo e ir conquistando el otro lado poco a poco. Los otros llegaron sin contratiempos al banco cuando de pronto vieron al Negro seguir derecho sin poder llegar a la orilla. El Mico se lanzó al río y nadó hasta el Negro. Lo cogió y pataleó duro para llegar a la orilla. Al frente de ellos había un enorme remolino que se tragaba todo lo que pasaba por allí. Se veía al Mico y al Negro pataleando desesperadamente con todas sus fuerzas para no caer en esa trampa. Pasaron por un lado del remolino salvándose de ser tragados a las profundidades. Luego llegaron a un remanso y así alcanzaron la otra orilla. El Gringo junto con sus otros primos corrieron río abajo para encontrarse con ellos. Apenas el Gringo vio al Negro y al Mico tirados en la arena, respirando profundamente del cansancio, le dijo al Negro con ironía:

—Como buen Negro, facilista y perezoso, eso le pasa por pendejo.

Todos soltaron una enorme carcajada que retumbaba por la orilla del río, espantando a los pájaros que estaban descansando en la cima de los árboles.

Descansaron un rato hablando de la travesía, como si estuvieran orgullosos de haber pasado la prueba de machismo y escapado de la muerte. Luego se montaron a los caballos y se regresaron a la casa de la finca porque ya era tarde. El sol empezó a ponerse en el horizonte. Era una belleza única de colores anaranjados y amarillos, que alumbraba el espectacular valle de Padia. Llegaron bastante cansados a comer, a tomar unos tragos y a conversar sobre las aventuras del día.

Al otro día se madrugaron para regresar a Papayal. El jeep no iba tan lleno. El Negro y el Gringo pudieron acomodarse mejor en la parte de atrás. Pusieron las maletas y las almohadas como colchones para no sentir tanto los brincos. Estaban tan cansados de tanta aventura que durmieron casi todo el camino de regreso. Cuando menos pensaron ya estaban entrando a Papayal como a mediodía.

Al llegar a la casa de los primos, descansaron por una hora mientras hablaban sobre todo lo que pasó. Pero tenían que coger camino de regreso a Maliquilla porque tenían clases al otro día. Se despidieron de los primos y se montaron en la moto. Antes de arrancar, el Gringo, muerto de la risa, le dijo al Mico:

—No creas que me olvidé del incidente del alacrán. Me las vas a pagar un día, te lo juro.

Afortunadamente, el regreso a Maliquilla era todo en bajada. Como a la mitad de camino, el Gringo le dijo al Negro:

—Bueno, mi Negro, ¿ahora qué hacemos para que este viaje se nos haga más corto?

El Negro inmediatamente empezó a cantar:

—La Santa Catalina, pilo, pilola, la Santa Catalina, pilo, pilola, era hija de un rey, un rey, un rey, era hija de un rey, un rey, un rey.

El Gringo empezó a cantar lo mismo y los dos cantaron a gritos todo el camino de regreso. Como siempre, los campesinos los veían como locos. No les importaba porque iban felices con su canción, con sus recuerdos, con sus cuentos sobre una maravillosa aventura más.

Todavía era de día cuando llegaron a Maliquilla. El Gringo tranquilamente se desdoblaba por el tráfico hasta llegar a la casa del Negro. El Gringo apagó la moto y se quitó el casco mientras que el Negro se bajaba.

—Mi Gringo, pasamos increíble. Recuerda que mañana tenemos la clase esa bien temprano con el profesor que friega por las llegadas tarde —le dijo el Negro yendo hacia la puerta de su casa.

—Sí, mi hermano, pasamos rico, ahora a la realidad de la vida —dijo el Gringo, mientras se ponía el casco.

El Gringo antes de arrancar le dijo al Negro:

—Recuerda que tengo que recoger a ese pendejo del Flaco. Espero que no esté dormido, como siempre, para no llegar tarde a clases.

—Buena suerte con eso —dijo el Negro entrando a la casa.

El Gringo arrancó y se esfumó en un instante. Así, como si nada, se terminó una aventura más.

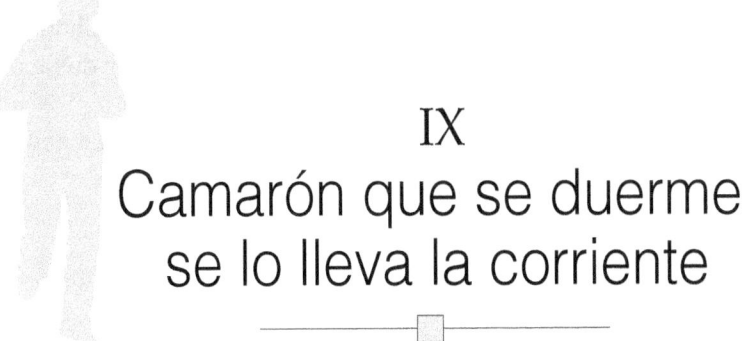

IX
Camarón que se duerme, se lo lleva la corriente

El amigo es otro yo.
Sin amistad el hombre no puede ser feliz.
Aristóteles (384 AC-322 AC) Filósofo griego.

Don Tonino y el Negro seguían conversando. De vez en cuando cantaban juntos la misma canción con voz de tarro sin melodía alguna. Tan roncos que espantaban a todas las criaturas a su alrededor, incluso las humanas. El Flaco y el Príncipe regresaron del baño y entraron lentamente al cuarto. Como siempre, conversando apasionadamente sobre algún tema de interés.

—Príncipe, deja de fregar con tanta paja científica sobre el puré de papas y el plátano maduro que nos comimos. No me importa cuántas calorías o vitaminas o carbohidratos tienen, lo único que me importa es que alimente y que tenga buen sabor —le dijo el Flaco al Príncipe, apuntándole con su dedo largo raquítico.

—Pero, Flaco, según los estudios de la Harvard, que me los he leído todos, es importante entender el componente... —siguió el Príncipe con su jerga científica que nadie entendía.

—Como siempre, ese Príncipe hablando paja que a nadie le importa —volteó a decir el Negro con una sonrisa de oreja a oreja, mostrando sus dientes blancos.

Don Tonino estaba escuchando la conversación, no tanto la parte científica, que sinceramente no le importaba, sino la parte de la comida. Más que todo sobre los plátanos maduritos que le encantaban. Se perdió en un trance mirando el techo. Se le salían las babas de la boca. Mentalmente saboreaba unos plátanos maduros enteros rellenos de queso blanco, o patacón pisado. Claro que en realidad babeaba por lo viejo que estaba.

—¿Qué te pasa Gringo, qué estás viendo? —le preguntó el Flaco, mirando el techo.

—Se nos enloqueció o se nos está yendo este viejo pendejo del Gringo —dijo el Negro, también mirando el techo.

Don Tonino salió del trance, vio que el Flaco y el Negro estaban mirando el techo y dijo:

—¿Qué están haciendo mirando el techo? No hay nada más que mugre, bichos y raspado de pintura. ¡Parecen pendejos!

—El pendejo eres tú que estabas mirando el techo —dijo el Flaco y empezó la discusión.

Luego de hablar un rato sobre el techo, don Tonino dijo:

—Es que me estaba acordando del pescado frito, los plátanos maduros y el arroz con coco que comimos en el río cristalino a donde fuimos de paseo. No recuerdo el nombre, ¿cómo se llamaba?

—¡Se llamaba Sabalinas y sí que pasamos rico! ¡Qué aventura subiendo el río y más que todo la rasca que nos pegamos para llenarnos de energía y poder subirlo! —dijo el Negro con alegría.

Lentamente a todos les iba regresando a su poca memoria el paseo al río. Sí, a su poca memoria, porque con su avanzada edad era difícil hasta recordar lo que acaban de decir.

Los cuatro viejos sin nombre ni memoria, empezaron a recordar el paseo, al principio lentamente, luego se fue intensificando y empezaron a revivir una más de sus aventuras con toda felicidad y transportándose al pasado.

Los muchachos sin nombre se reunieron nuevamente en el bar sin nombre. Hacía mucho rato que no se reunían, porque ya estaban en los últimos semestres de la universidad. Algunos ya estaban trabajando, otros estudiando muy juiciosos y otros simplemente maduraron. Casi todos mermaron la tomada de trago. Primero, porque no había bolsillo que aguantara, no solamente para pagar los tragos de ellos, sino también los tragos de algunos muchachos que nunca pagaban. Y segundo, porque si hubieran seguido a ese ritmo de rumba y trago, a todos les hubiera dado cirrosis antes de los veinticinco años.

El Flaco ya no estaba trabajando en el bar, fue esa noche como un cliente más. Los muchachos no más pidieron una caneca con agua limón, que era gratis. No estaban animados a tomar mucho o a levantar las muchachas solitarias en las mesas vecinas, se dedicaron simplemente a conversar, a chismosear, a reírse de las pendejadas y a vivir un momento sin preocupaciones. Todos se sentían extraños porque llevaban bastante tiempo sin hacer nada juntos los fines de semana. Sabían que les estaba llegando la hora de acabar con tanto gozo y vagabundería. En el fondo del corazón todavía no querían desligarse de ella. Querían tener algunas aventuras más antes de salir embestidos al mundo laboral y a una vida normal, si se puede llamar vida normal a trabajar doce horas diarias y regresar a un hogar con esposa quejona, deudas, reclamos y niños gritando por todos lados.

—Muchachos, estoy como cansado de ese trabajo de vender icopor. Hace tiempo no hacemos nada un fin de semana. El cuerpo, el estómago y más que todo el hígado, están reclamando un paseíto. Lógicamente, también unos buenos traguitos que nunca sobran —dijo el Negro, mientras se tomaba una copita de aguardiente.

—Además, este verano ha sido insoportable acá en Maliquilla. Todos los días llego a la casa con la ropa tan mojada como si me hubiera bañado en un río, pero es puro sudor de la humedad y el calor tan verraco —dijo el Gringo, refrescándose con el agua limón.

—Me suena interesante lo del río. Hace tiempo no vamos a ningún río a nadar, tomar, hacer un sancocho y a dormir en carpa o cualquier cuatro paredes con techo. Pero para cuál si casi todos los que están cerca están casi secos por el verano sofocante y tremendo —dijo el Indio, sirviendo una ronda de tragos.

—Bueno, sé que el papá del Cabezón tiene una cabaña, si se puede decir que un piso elevado con techo es una cabaña, en la desembocadura del río Piedrilla en el Sabanila, cerca del pueblo de Bienaventuranza —dijo el Negro.

—Pero el Cabezón no está en la ciudad este fin de semana —dijo el Príncipe, prendiendo un cigarrillo.

—No importa, ellos casi no van. Estoy seguro de que el Cabezón y su papá no se van a molestar si usamos la cabaña una sola noche. Recuerden que tenemos que regresar el domingo, porque tenemos clases y algunos tienen que trabajar —dijo el Negro, mientras le sonreía a una morena coqueta sentada con un grupo, a unas cuantas mesas.

—Pues toca salir mañana temprano porque queda a unas cuantas horas —dijo el Indio, también mirando a una de las compañeras de la morena que estaba mirando el Negro.

—¿Tú qué dices, mi Chino? —le preguntó el Flaco, mientras le llenaba la copa.

—Sí, sí, vamos —dijo el Chino, como siempre, con una sonrisa y con pocas palabras.

—Bueno, muchachos, dejen de ser tan jartos y serios. Esas muchachas en la mesa de allá nos están echando el ojo. Vamos a la conquista —dijo el Negro, levantándose para ir a la mesa de las muchachas.

—Ya veo que sí vamos a salir temprano mañana, pero directamente de acá, como van las cosas —dijo el Indio, también yendo hacia la mesa de las muchachas.

Se acabó toda la seriedad. En poco tiempo ya todos los muchachos estaban charlando y coqueteándole a las muchachas sin nombre de la mesa cercana. Como que el pedido del hígado ganó. Empezaron a llegar botella tras botella de aguardiente. No se había terminado una cuando el mesero debía ir por otra.

Como siempre, llegó la hora de cerrar el bar, pero los muchachos estaban tan contentos que no querían irse y les tocó echarlos. Todos estaban prendidos, pero ninguno borracho. Con la experiencia ya sabían controlar más los tragos, por no decir que el hígado les aguantaba más.

—Bueno, no hay tiempo de ir a la casa por un vestido de baño. Podemos pasar por algunas casas en el camino y que nos presten unas bermudas y camisetas —dijo el Flaco, mientras recibía el número de teléfono de la flaquita que conquistó.

—Sí, tanto la casa del Negro y como la del Indio están en el camino. Estoy seguro de que ellos nos prestan algo —dijo el Príncipe.

—¡Claro que sí! —dijeron el Indio y el Negro.

El Príncipe, como de costumbre, se hizo el dormido y no pagó su parte de la cuenta. Las muchachas sin nombre se habían ido, porque no quisieron o, más bien, no tenían permiso para acompañar a los muchachos sin nombre al paseo. Así, nuevamente, se esfumaron, como los vientos Alisios, unas niñas desconocidas.

—Propongo que paremos a despertar al Guajiro y a la Cieguita para que nos acompañen —dijo el Flaco.

—¡Buena idea, buena idea! —dijo el Chino con su sonrisa de siempre.

Se organizaron en los vehículos y arrancaron a toda velocidad a su nueva aventura. Pasaron por la casa del Guajiro y lo despertaron. El Guajiro sin problema se vistió y se unió al paseo. Luego pasaron por la casa de la Cieguita. Como ya era de madrugada había que despertarla sin que su padre se diera cuenta porque se ponía furioso. Afortunadamente, la Cieguita dormía en uno de los cuartos del frente de la casa.

El Flaco se acercó a la ventana y empezó a llamar a la Cieguita. Al principio no hubo ninguna respuesta. El Guajiro, bien tosco que era, cogió una piedra y se la tiró a la ventana. Todos se quedaron petrificados y sin respirar. Estaban esperando ver vidrios rotos y, más que todo, salir corriendo antes de meterse en un problema. Por suerte, la piedra pegó en un ángulo y rebotó, pero no sin antes hacer un fuerte ruido. La luz del cuarto se prendió y la Cieguita abrió la cortina para ver qué pasaba. Para su asombro, vio a varios muchachos mirando todos a la vez hacia la ventana. Al principio le dio un susto tremendo porque no tenía sus gafas puestas y no había reconocido a ninguno. La Cieguita cerró la cortina dispuesta a ir a avisar a su padre sobre unos posibles ladrones al frente de la casa.

En ese momento, el Flaco reaccionó y le dijo con la voz un poco elevada, pero no a nivel de grito para no despertar a nadie:

—¡Cieguita, somos nosotros, tus amigos, venimos a despertarte para ir a un paseo!

La Cieguita abrió nuevamente la cortina al tiempo que se ponía sus gafas fondo botella y así reconoció a los muchachos. Luego de unas arduas conversaciones y negociaciones, los muchachos convencieron a la Cieguita. Al poco tiempo, todos estaban en los vehículos rumbo al río Sabanila.

Se pasaron el resto de la madrugada manejando hacia el río Sabalina. Llegaron al pueblo cuando ya se estaba levantando el sol en el horizonte, y se dirigieron a donde se parqueaba el vehículo y se negociaban las canoas. La vista era preciosa, como una pintura. Los rayos de luz empezaron a alumbrar las copas verdes de los árboles. Se veían destellos de luz cruzando el río mientras que sus aguas cristalinas corrían entre la espesura del bosque. El pueblo era un caserío de unas cuantas casas de madera. Allí habitaba la mayoría de los que trabajaban y vivían del río. Sabanila era tan cristalino que se veían las piedras en el fondo. Parecía un remanso, pero siempre fluía una corriente fuerte, más que todo en los charcos profundos en las curvas del río.

Había dos maneras de llegar a la cabaña: una era caminando y nadando corriente arriba; la otra era pagándole a un boga para que los llevara en canoa. Como siempre, los muchachos tenían mínimos recursos de dinero, por esto decidieron caminar y nadar. Negociaron lo más económico posible una canoa para llevar las pocas pertenencias y también a la Cieguita. Afortunadamente, no se habían tomado todo el aguardiente y pudieron ofrecer esto como parte de la negociación.

Los muchachos tenían hambre, no habían comido nada luego de salir de Maliquilla. En su mente, por no decir en su hígado, sabían que no podían subir el río a nado con nada más que el alcohol etílico en su cuerpo. Una señora apenas estaba abriendo un puestico de comida y todos corrieron desesperadamente hacia allá, listos para comerse todo lo que ella cocinaba. Comieron una gran cantidad de arepas con huevo fritas, empanadas fritas, plátano frito, pescado frito y todo frito. Ya con la barriga llena empezaron la aventura de subir por el río caminando y nadando. Primero embarcaron a la Cieguita con las pertenencias en la canoa. El boga arrancó empujando la canoa con un palo largo, subiendo contracorriente tan suave como si llevara un motor. Se veían los músculos del boga moverse fuertemente mientras luchaba contra la corriente, parado balanceando la pequeña canoa. Eso sí, el boga siempre estaba con una sonrisa de alegría.

—Increíble la fuerza que tiene ese tipo. Estoy seguro de que no podríamos avanzar un metro, por no decir que se hundiría antes de arrancar —dijo el Flaco, empezando a cruzar el río para coger el camino del otro costado.

—Tienen mucho tiempo de práctica, lo están haciendo desde niños. Mira no más esa canoa bajando con ese niño tan pequeño, seguro tiene cinco años no más —dijo el Gringo, luchando contra la corriente mientras cruzaba el río.

—¡Dejen de hablar paja y concéntrense! ¡La corriente es fuerte y pueden pisar mal por estar despistados! —gritó el Guajiro con voz de mando.

—¡Sí, mi cabo primero! —dijo el Negro, haciendo un saludo militar.

El Negro se salvó de una de las llaves en la nuca del Guajiro porque estaban luchando contra la corriente para cruzar el río.

Ya al otro lado, empezaron a caminar por las piedras por la ribera del río que no estaba cubierta por la espesa selva. Era mejor caminar allí, si cogían camino adentro de la selva se podían perder o ser mordidos por los animales, como las culebras X que podían llevarlos a la tumba en minutos.

—No hemos empezado y ya estoy cansado —dijo el Flaco, respirando profundamente.

—Es por todo ese alcohol que tienes todavía en tu cuerpo. Con el tiempo seguro que quemas todo ese alcohol y te vas a sentir mejor. ¿Sí o no, Chino? —dijo el Gringo, pisando con firmeza para no caerse y torcerse un tobillo.

—¡Pues claro, pues claro! —dijo el Chino, como siempre, con sus pocas palabras.

Al principio, la caminata no era tan fuerte. Caminaron unos kilómetros por las piedras, conversando sobre cualquier tema y fregando la vida. Llegaron al primer charco enorme y tan profundo que parecía una piscina de lo calmado. Era de un color verde bien oscuro por su profundidad. El charco estaba rodeado totalmente por un espeso follaje que impedía la entrada del sol dándole un aspecto dantesco y macabro. La única forma de seguir subiendo por el río era atravesar a nado ese charco hasta donde había una piedra grande por donde entraba la corriente al charco. Aunque parecía una piscina, los muchachos sabían que no era de fiar. Bajo la superficie había mucha corriente y los remolinos eran muy miedosos porque se los podían tragar sin darse cuenta. Afortunadamente, el río estaba un poco bajo, ya que no había llovido en las montañas.

Todos se quedaron mirando, como esperando quién iba a ser el primer valiente en cruzar el río. Era una reacción de prevención. Si no le pasaba nada al primero, entonces estaba seguro el paso y daba más confianza a los otros.

—Yo me voy de primero porque soy un verraco y sé nadar muy bien —dijo el Guajiro, lanzándose a las profundidades del charco oscuro y miedoso. Cuando estaba a mitad de camino y al ver que no pasaba nada, los otros empezaron a lanzarse uno por uno al charco y a nadar con todas sus fuerzas hacia la piedra que estaba al otro costado. Llegaron primero los que nadaban mejor. Algunos se subieron a la piedra. Otros, como el Chino y el Negro, esperaron en el agua cogidos de la piedra para ver si los que no nadaban bien necesitaban alguna ayuda. Afortunadamente, todos llegaron sin contratiempos y se subieron a la piedra con la ayuda de los otros. Llegaron al otro lado donde había un charco más pequeño. La única forma de llegar a la otra orilla de piedras era lanzarse al charco y nadar contracorriente con fuerzas hasta llegar a un punto donde podían pisar. El Chino fue el primero en lanzarse, luego el Negro y después siguieron los demás muchachos. Solamente se veían unos cuerpos y brazos moverse con furia luchando contra la corriente. Uno a uno llegaban a la otra orilla. Algunos sin problema, otros bien cansados y respirando profundamente tratando de inhalar todo el aire que podían. Descansaron por un rato, mientras los menos fuertes se recuperaban. No tenían nada qué comer o tomar porque habían echado todo en la canoa con la Cieguita. Tuvieron que tomar agua de las quebradas que alimentaban el río, que eran más cristalinas que el río Sabanila.

—¿Nos falta mucho camino por recorrer? —preguntó el Flaco, mientras tomaba grandes sorbos de aire por lo cansado que estaba.

—Apenas vamos por la mitad del camino —contestó el Negro, que estaba sentado en una piedra descansando.

—Debí haber acompañado a la Cieguita en la canoa —dijo el Flaco.

—Flaco, pendejo, deja de ser una niña. ¿No es que fuiste excelente nadador de competencia en el colegio y ganaste un resto de medallas? —dijo el Guajiro en forma brusca.

—Sí, sí pero todavía estoy borracho de tanto trago de anoche —contestó el Flaco.

El Chino, calladamente, mejor dicho, en su estado normal, fue sacando una bolsa con unas papas y huevos cocinados. Para asombro de todos, la parte interior de la bolsa estaba completamente seca. El Chino empacó la comida de una manera completamente hermética. Con toda la nadada y la corriente no se le entró el agua a la bolsa de comida.

El Chino repartió las papas y los huevos y los devoraron en segundos. Luego de tener algo en el estómago y haber descansado por una hora, retomaron la subida por el río.

Por más de cuatro horas tuvieron que nadar charcos oscuros y profundos, escalar rocas, nadar en contra de la corriente, caminar por riberas llenas de piedras que torcían los tobillos, agarrarse de ramas de los árboles para sostenerse con fuerza y ayudarse a subir la corriente. También tuvieron que vigilar los árboles para ver si había culebras X enrolladas en las ramas que salían al río. Más que todo sudaban la gota fría porque, aunque el agua del río era fresca y cristalina, el calor afuera era sofocante y húmedo.

Ya estaban cerca de la desembocadura del río Piedrilla en el Sabanila, donde estaba la cabaña, cuando oyeron unos enormes truenos como si los dioses estuvieran tocando unos tambores. En las montañas donde nace el río se veían nubes negras.

—Tenemos que apurar el paso, muchachos, porque está lloviendo en las montañas donde nace el río. Cuando menos piensen viene la subienda que baja con tremenda fuerza y nos arrastra río abajo para siempre —gritó el Guajiro, apurando el paso.

Todos aceleraron el paso con la poca energía que les quedaba porque estaban a punto de colapsar por el cansancio. Se veía a menos de un cuarto de kilómetro el río Piedrilla desembocando en el Sabanila. La distancia no era mucha, pero todavía faltaba subir una corriente fuerte y nadar uno de los charcos más profundos en la unión de los dos ríos.

—Veo que están bajando hojas y palos por el río —dijo el Negro, mientras luchaba contra la corriente.

—Sí, muchachos, tenemos que apurarnos. Estas hojas y palos son la señal de que viene la subienda, lo más seguro por el río Piedrilla y si nos coge cruzando el charco, hasta allí llegamos —dijo el Indio, cogiendo una rama para ayudarse a subir la corriente.

Llegaron al charco profundo que se estaba llenando de hojas y palos. La corriente estaba aumentando y el color verde se estaba volviendo un poco amarillo.

—No puedo más, no puedo más. Estoy mamado —gritó el Flaco.

—Flaco, haz el último esfuerzo. Tenemos que cruzar el charco lo más rápido posible para no ser arrastrados por la subienda —le gritó el Gringo, agarrando su brazo.

El Flaco no se movió un centímetro. Sus piernas y brazos no daban más. Estaban en una situación de desespero porque sabían que, si no cruzaban el charco en la siguiente media hora como máximo, allí les llegaba el último suspiro de vida.

—¡Chino, Negro, Indio, Guajiro, tienen que atravesar el charco lo más rápido posible y decirle al boga que venga en la canoa para poder llevar al Flaco! ¡Yo me quedo con él para que descanse en esta piedra! ¡Lo tienen que hacer lo más rápido posible porque estoy seguro de que viene la subienda y no quiero que nos arrastre! —dijo frenéticamente el Gringo.

El Chino, el Negro, el Guajiro y el Indio se lanzaron inmediatamente al charco y nadaron con todas sus fuerzas para llegar al otro lado. La corriente era mucho más fuerte y el agua empezó a bajar más oscura por la tierra que arrastraba. Pasaron como diez minutos y no se veía el boga con la canoa. El río siguió creciendo y bajando más fuerte. Al Gringo y al Flaco les tocó subir hasta la máxima altura de la piedra, y se abrazaron pensando en lo peor. Lo único que tenían en mente, si la corriente lo arrastraba, era que tenían que seguir agarrados para no separarse. Se dejarían llevar por la corriente y cogerían el primer tronco o rama fuerte para no ser golpeados contra las piedras grandes.

—¡Allí está el boga! ¡Viene con furia para llegar a nosotros! ¡Mi Flaco, listo para tirarnos al charco y subirnos a la canoa! ¡Lo tenemos que hacer rápido, porque no nos queda tiempo! —gritó con alegría el Gringo.

El boga llegó cerca a la piedra. Con gran destreza, fuerza y balanceando la canoa, quedó estático cerca de la piedra y gritó:

—¡Doctores, suban rápido, no nos queda mucho tiempo! ¡Pero rápido!

El Gringo y el Flaco se tiraron en el charco y nadaron hasta la canoa. El Flaco se agarró de la canoa. El Gringo, por ayudar al Flaco, en un movimiento de la canoa y la fuerza de la corriente, se soltó. El boga, como hombre de otro mundo, estiró su fuerte brazo y agarró al Gringo y de un solo jalón lo subió a la canoa, mientras que con el otro brazo mantenía la canoa en su sitio. Así evitó que el Gringo fuera arrastrado río abajo. El boga empezó a luchar contra la corriente, cada vez más fuerte, para llegar al otro lado. Cuando llegaron y se bajaron de la canoa se empezó a oír un fuerte ruido, como si fuera una estampida de mil vacas, bisontes o caballos.

—¡Súbanse rápido a la cabaña, porque allí viene la bomba, allí viene la bomba! —gritó el boga, empujando al Gringo y al Flaco. Como flechas veloces y sin mirar atrás, el Gringo y el Flaco subieron la falda hacia la cabaña. Apenas llegaron allí, miraron hacia el río Piedrilla y se veía una ola que bajaba con tanta fuerza que arrastraba todo. La ola era enorme, no tan alta como para cubrir la cabaña, pero era impresionantemente miedosa. Arrastraba árboles enteros y todo lo que se encontraba a su paso. Los muchachos vieron con asombro cómo la bomba desembocó en el río Sabanila tapando completamente la piedra donde estaban el Gringo y el Flaco.

El Gringo giró para mirar al Flaco y dijo:

—Bueno, mi hermano, nos salvamos de esta.

—Sí, mi Gringo, sí, pero tengo un hambre la verraca. ¿Quién va a cocinar? —preguntó el Flaco, sobándose el estómago.

Todos los muchachos se miraron sin decir una sola palabra. Su silencio no era precisamente porque casi pierden a dos amigos, se podía leer en sus miradas que lo único que se les venía a sus mentes era la palabra "comida".

—Doctores, yo no puedo regresar al pueblo con la bomba. Yo les cocino unos fríjoles, arroz y plátano fritos —dijo el boga, mientras prendía una fogata.

La alegría volvió a sus rostros al pensar en la comida. Se olvidaron completamente de la bomba, de la creciente, del cansancio y de lo cerca que estuvieron algunos de ellos de pasar a mejor vida.

—Bueno, mi Chino, saque una botella de aguardiente para que nos tomemos unas copitas mientras que el boga nos hace la comida —dijo el Negro.

—Sí, sí —contestó el Chino.

Rotaron la botella entre todos, hasta la Cieguita que casi no tomaba se tomó unos tragos. Ya se sentían más relajados y empezó el desorden de siempre. Todos hablaban al mismo tiempo, muertos de la risa, echando cuentos y anécdotas.

El Negro sacó la grabadora de pilas que venía en la canoa y puso un casete de la buena salsa que le encantaba. Todos empezaron a cantar y la pobre Cieguita, que era la única mujer, le tocó mover el esqueleto bailando con todos.

El boga trajo una olla llena de fríjoles rojos, otra de arroz blanco y un plato lleno de plátano frito. A los muchachos les parecía un banquete. Llenaron sus platos hasta que no cabía más. Cuando ya estaban listos para comer, el Indio preguntó:

—¿Dónde están los cubiertos?

Como buenos muchachos despistados, olvidaron traer los cubiertos, pero ellos no iban a dejar que esto fuera un motivo para no comerse la deliciosa comida grasienta.

—Bueno, aquí hay un pedazo de cartón. Podemos romperlo y usarlo como cucharas —dijo el Guajiro.

—Allí está pintado este cabo segundo, seguro aprendió eso en el Ejército —dijo el Flaco.

Se las ingeniaron para convertir el cartón en cucharas y así se tragaron hasta la última pepa de fríjol y grano de arroz. Luego de la abundancia de comida, los tragos y el aturdimiento de los músculos por la nadada y la subida al río, estaban cansados. Algunos llevaron bolsas para dormir, otros simplemente unas cobijas. Acomodaron todo en el salón grande de la cabaña. Como ya era muy tarde, cada uno se fue a dormir cuando no aguantaba más. Al final se quedaron el Negro y el Gringo escuchando salsa.

—Mi Negro, el ángel guardián hoy estuvo de nuevo a nuestro lado, ¿no? —dijo el Gringo, mientras inhalaba el humo del cigarrillo.

—Sí, mi hermano, como siempre, cuidándonos —dijo el Negro, escuchando la música.

—Bueno, mi hermano, me voy a acostar que estoy cansado —dijo el Gringo, levantándose.

Cuando el Gringo giró para ir a acostarse se encontró de frente con el boga que lo miraba con una sonrisa. El Gringo casi se muere del susto porque lo primero que vio fue unas cosas blancas que eran los dientes del boga.

El boga le dijo al Gringo y al Negro:

—No vayan a apagar la luz porque viene el chiminango a chuparles toda la sangre.

El Gringo se acostó murmurando:

—¡Lo que faltaba, no me mata la subida y la bomba para que un vampiro me deje completamente como un chupo!

La cabaña quedó en completo silencio mientras que todos dormían, algunos soñando, otros pensando, pero casi todos mentalmente muertos.

Al otro día, el sol empezó a salir, los pájaros a cantar y no se sabe de dónde se oía un gallo cantar. Uno a uno los muchachos se iban levantando y el boga ya les tenía preparadas unas sardinas en lata con arroz y plátano frito. Cada uno iba comiendo cuando quería. Algunos se bajaron al río a lavarse. Para su asombro, cuando miraron ambos ríos, ya estaban nuevamente cristalinos y con la corriente baja. La bomba bajó arrastrando con todo, pero no se quedó.

Los muchachos con la Cieguita se pasaron toda la mañana bañándose en el río. Jugaron de todo, como niños. Los que no se bañaban conversaban acostados en una piedra, mientras recibían los rayos del sol y se secaban.

Luego de almorzar nuevamente fríjoles con arroz y plátano frito, se alistaron para regresar. La Cieguita iría en la canoa con las maletas, y los muchachos bajarían el río a nado. Era mucho más fácil, porque se dejarían llevar por la corriente que los tiraba hacia la mitad de los charcos profundos. Luego tenían que nadar un poco y dejarse llevar por la corriente nuevamente.

La Cieguita y el boga empezaron a bajar por el río. Los muchachos se alistaron para tirarse al charco que el día anterior casi no pudieron pasar por la creciente. Antes de tirarse, el Negro dijo:

—Bueno, muchachos, queda un conchito, tomémonoslo antes de arrancar.

Todos se tomaron el último trago de la botella de aguardiente y luego se tiraron al charco para empezar a bajar por el río. El primero en tirarse fue el Negro, mientras gritaba:

—¡Bueno, pendejos, nos vemos en el pueblo!

Nadaban en los charcos y luego se dejaban arrastrar por la corriente acostados en su espalda y la cabeza arriba para no chocarse contra las piedras. Cuando la corriente los llevaba a la mitad de un charco profundo, simplemente se volteaban para nadar hasta la otra corriente. Así bajaron uno detrás del otro hasta llegar a los remansos cerca del pueblo. En los remansos flotaron para descansar. Cuando llegaron donde estaban todas las canoas en el pueblo, se salieron del río. Ya estaba la Cieguita esperándolos con todo el equipaje fuera de la canoa.

Mientras que para subir por el río se demoraron unas seis horas, para bajarlo fue solo una hora y media.

Los muchachos que llevaban ropa extra se cambiaron detrás de unas piedras. Los otros simplemente se pararon en el sol para secarse. Cuando ya estaban secos, listos, y luego de pagar y despedirse del boga, se montaron a los vehículos para iniciar el regreso. Al principio del viaje todos hablaban al mismo tiempo para contar las anécdotas de la bajada del río, como cuando el Gringo se frenó completamente en una de las corrientes, porque no era profunda y con su peso se incrustó en las piedras. El otro caso fue el del Indio, que venía bajando por el río tranquilo cuando de un momento a otro la corriente lo tiró debajo de unas ramas. Para su asombro, había una culebra X enroscada en la rama tomando un baño de sol y afortunadamente no lo vio. Pero más que anécdotas era mostrar la hombría, quién era el mejor nadador y quién bajaba por el río más rápido y sin contratiempos.

Con el tiempo y las curvas de la carretera, las voces empezaron a silenciarse. Ya estaba entrando la noche. Se veía el sol ponerse en el horizonte brindando un atardecer espectacular, como siempre. Pararon en un puesto de fritanga cercano a Maliquilla. Todos se bajaron a estirar las piernas, a comer unos fritos y más que todo a despedirse porque cada vehículo cogía un rumbo diferente para dejar a sus ocupantes. Luego de charlar y reírse un rato, todos se dieron abrazos, puños, besos, pero a la Cieguita, y se despidieron. Iban contentos, pero en el fondo sabían que este paseo al río iba a ser el último. Dentro de poco, todos terminarían sus estudios y cada uno iba a coger un camino diferente en la vida. No querían aceptar esta realidad, todavía querían sentirse inmortales, inseparables, como niños, y vivir la vida. En la realidad, los niños crecieron, los muchachos sin nombre ya no eran muchachos, y los sueños se quedaron atrás.

El Gringo frenó al frente de la casa del Flaco y le dijo:

—Flaco, nos salvamos esta vez.

El Flaco le dijo, mientras bajaba del vehículo:

—Sí, mi Gringo, nos salvamos esta vez y estoy seguro de que va a ser la última.

El Gringo simplemente lo miró y dijo:

—Flaco, mañana te recojo a la misma hora, pero recuerda estar despierto porque no quiero llegar tarde.

El Flaco no contestó. En el fondo de su corazón sabía que era la última semana que el Gringo lo recogería para ir a la universidad. Ya no habría más recogidas, despertadas a última hora o llegadas tarde, solamente les quedaba un cambio en sus vidas.

X
Atletas sin aliento

Algunas veces ser un amigo significa ser maestros en el arte del tiempo.
Hay un momento para el silencio. Un momento para dejar ir
y permitirles a las personas que hagan lo que quieran con su destino.
Y un momento para levantarse a recoger los pedazos cuando todo pase.

Gloria Naylor.

Los viejos se quedaron callados por un momento, luego de estar conversando un largo rato. Las palabras y frases salían de sus bocas sin parar, como las miles de balas expulsadas intermitentemente por una ametralladora punto cincuenta. Pararon, no porque estuvieran cansados, sino porque de algún lado alcanzaron a escuchar la voz de un desconocido locutor de radio cuando gritaba "gooooooolllllll". El canto del gol era tan largo que hasta los viejos se quedaron sin respiración esperando que el locutor cogiera aire o quedara muerto por falta de oxígeno. No tenían ni idea dónde estaba el radio, tampoco les importaba porque había muchos radios sonando a la vez. Sonaban en diferentes rincones del hospital y de las calles transitadas. El sonido de los radios se mezclaba con el ruido ensordecedor de los pitos de los carros, las motos sin exosto, los gritos de los vendedores callejeros y las enfermeras mandonas y, lo que no falta, los ladridos de los perros.

El Negro rompió el silencio y los viejos volvieron a respirar, diciendo:

—Yo fui el mejor goleador de nuestra época. ¡Metía unos golazos! No fallaba nunca. Siempre hacía hasta tres en los partidos.

—¡Qué va mi Negro! Lo que fuiste fue un huevero, siempre esperando arriba, nunca bajabas a defender esperando cualquier bola —dijo el Flaco, muerto de la risa.

—Según la Soccer Federation, la probabilidad de introducir un balón en la red contraria es proporcional a la velocidad mental, llamada el *Quick Think*, sumada a la velocidad y destreza dando… —empezó a decir el Príncipe, siempre con su jerga científica.

—¡Qué va! El único golazo que hizo el Negro fue con la Negrita, la primera novia que tuvo —dijo don Tonino.

Como siempre, se empezó una nueva discusión, pero esta vez sobre el deporte. Era algo que en ese momento los cuatro viejos, por su avanzada edad y huesos raquíticos, no pensaban hacer nunca más en la corta vida que les quedaba.

Era un sábado al mediodía. El sol azotaba con toda su furia la solitaria cancha pelada de fútbol, en el sur de Maliquilla, entre potreros para el ganado flaco que buscaba afanosamente lo que fuera para comer. Unas vacas raquíticas se habían atravesado el viejo cerco de alambre de púas para comerse el poco pasto que quedaba en la cancha de fútbol. Solo se veían unos montículos de pasto en toda la cancha, el resto era piedras y arena. Había más boñiga de vaca que pasto en la cancha, y un solo árbol a su alrededor para dar algo de sombra. Las porterías, hechas de guaduas viejas amarradas con cabuya, estaban un poco torcidas por lo secas y viejas. Había un quiosco de paja seca con la mitad del techo caído, por donde penetraban los fuertes rayos de sol. Las bancas de madera en el quiosco estaban completamente rotas y podridas por la sequedad y el comején que acaba con todo.

Uno a uno iban llegando los muchachos sin nombre a alistarse para el partido. Algunos venían con el uniforme puesto, otros con la misma ropa de la noche anterior y con un maletín viejo, seguramente con la ropa sudada sin lavar del partido pasado.

La mayoría tenía los ojos rojos, no por el polvo que se levantaba de la cancha con el poco viento caliente que soplaba, sino por el guayabo de la tomada de la noche anterior. Solamente tenían que abrir la boca y pronunciar algunas palabras para espantar a las vacas flacas con el tufo tan tremendo que emanaban hasta por los poros.

No todos venían en ese estado. Algunos, como el Judío, llegaron con los últimos guayos Adidas traídos de los Estados Unidos, con taches metálicos que brillaban con el sol sofocante del mediodía. Su uniforme relucía por lo limpio y no tenía una sola arruga por lo bien planchado. Parecía más un modelo listo para tomarse fotos para un comercial que un jugador cualquiera en una cancha arruinada.

El partido ya iba a empezar y, como siempre, el equipo de los muchachos sin nombre no tenía suficientes jugadores para alcanzar el mínimo reglamentario. El otro equipo se veía bien organizado, todos con uniformes nuevos, con sus músculos calientes por la práctica anticipada y bien hidratados por el agua fría que traían en sus termos. Los músculos de los muchachos sin nombre estaban calientes, no por la práctica, sino por tanto alcohol etílico que tenían en su cuerpo. Pero también estaban chupados y deshidratados porque, seguramente, lo último que tomaron no fue agua y tampoco habían traído termos con el preciado líquido. Afortunadamente, había una manguera negra que alimentaba los bebederos de las vacas, con agua de un pozo cercano, en uno de los potreros adyacentes. Esa fue la forma como se hidrataron durante todo el partido.

El Guajiro, que era el capitán del equipo, estaba desesperado, caminaba de un lado para el otro, diciendo:

—¿Dónde están esos pendejos del Gringo, el Negro, el Flaco, el Príncipe y el Viejo? ¡Vamos a perder el partido por no tener suficientes jugadores!

Como que la Virgen de la Inmaculada oyó las quejas del Guajiro, porque en ese momento llegaron los que faltaban en el jeep negro y rojo del Negro, y en la moto Kawasaki 100 del Viejo. Se bajaron todos sin afán, algunos todavía con una botella de aguardiente en la mano.

El Guajiro, furioso, les gritó:

—¡Manada de borrachos, pendejos, llegaron tarde! ¡El partido empieza en cinco minutos! ¡Tienen que cambiarse rápido, sino les tuerzo el pescuezo a todos!

Con solo decir que les iba a torcer el pescuezo, todos se cambiaron en tiempo relámpago, más rápido que un soldado en sus primeros días de entrenamiento.

—¡Qué calor tan verraco! Tengo que tomar agua antes de empezar a jugar —dijo el Flaco, mientras se cambiaba.

—¡No hay tiempo de tomar nada! —le gritó el Guajiro al Flaco con voz amenazante.

—Bueno, qué posición voy a jugar. No veo nada porque se me cayeron los lentes de contacto —dijo el Gringo, caminando en la cancha sin saber a qué posición ir.

Los dos equipos estaban listos para empezar el juego. El equipo contrincante parecía una legión romana por su organización. El equipo de los muchachos sin nombre parecía una fiesta de corraleja con todos hablando, gritando y fregando al mismo tiempo.

Lo único que se vio durante todo el partido fue el polvo que se levantaba por las jugadas, la sangre correr por las piernas por los raspones y más de uno sin aliento, casi tirados en el suelo buscando aire o tragando su saliva para refrescarse. Un ejemplo fue el Viejo, que corrió tres veces no más hacia la portería contraria para luego quedarse tirado en la cancha quejándose después de una falta, pero realmente porque todavía estaba borracho por la noche anterior. Afortunadamente, en una de las tres corridas hizo el gol de empate.

El Negro, por el contrario, se quedaba quieto adelante esperando la mejor oportunidad sin correr para ayudar a los otros a defender. Como siempre, era afortunado. Mientras que el otro equipo mandó a todos adelante a buscar el triunfo, de un momento a otro, un balón rebotó no se sabe de dónde para caer precisamente a las piernas del Negro. El Negro habilidosamente lo paró y salió a toda carrera directo a la portería contraria. Los del otro equipo, luego de salir del asombro, salieron corriendo en forma esquizofrénica para alcanzarlo sin lograrlo. Siempre se quedaban uno o dos del equipo contrario a defenderse. El Negro, que parecía que estuviera bailando salsa en vez de jugar al fútbol, los iba sacando sin darse cuenta. Al enfrentarse al arquero, pateó como pudo, con la fortuna de enviar el balón al lado opuesto a donde iba el arquero y así logró el golazo de la victoria. El Negro se sentó a gritar el gol, pero más por el cansancio de la corrida que por la alegría de gol.

Como cosa rara, pero no tan rara en la juventud de los muchachos sin nombre, el desorden triunfó sobre el orden. Nadie supo cómo, al pitazo final, la corraleja de muchachos había ganado el partido por un gol de diferencia. Seguramente los ángeles guardianes tuvieron que correr y trabajar el doble para llevarlos a la victoria. Mientras que el equipo contrario marchaba en forma organizada a un rincón a discutir con su entrenador las razones de la derrota, algunos de los muchachos sin nombre estaban tirados en el arenal tratando de coger un buen respiro. Estaban a punto de morir, pero del dolor de cabeza por el guayabo y el cansancio. Los otros se dirigían rápidamente hacia el bebedero de las vacas a tomar galones de agua de la manguera negra, lavarse las heridas, que eran bastantes por la peladera, o bañarse completamente por la insolación.

Luego de que el otro equipo se marchara, los muchachos se quedaron sentados en el peladero a conversar, a reírse por todas las pendejadas y a celebrar el triunfo.

—Gringo, casi le partes la pata a ese delantero creído —dijo el Flaco, mientras se echaba agua fría en su cabeza.

—Sí, mi hermano, como no tenía los lentes, solamente vi una mancha cerca al balón. Me tiré en tijereta para sacar el balón, con el infortunio de enganchar la pierna del tipo también. Me reía al verlo retorcerse del dolor en el piso por creído —dijo el Gringo, mientras tomaba agua.

—Viejito, ¿que pasó que no podías correr más? —le preguntó el Negro, mientras lavaba una herida en su pierna.

—No, mi Negro, después de la tercera corrida estaba que vomitaba todo el graserío que me comí y el aguardiente que me tomé ayer hasta altas horas de la madrugada —dijo el Viejo, respirando profundamente para recuperarse.

—Bueno, ¿qué vamos a hacer ahora? —preguntó el Príncipe.

—Unas cervezas frías no caerían mal, luego de tanto calor —dijo el Negro.

A oír esto, todos se animaron y se fueron a la tienda más cercana a tomar unas cervezas frías para refrescarse del calor infernal de Maliquilla. Seguía el desorden, pero esta vez mientras hablaban sobre el triunfo y se tomaban las cervezas que llegaban a la mesa. Los muchachos ya estaban entonados otra vez, alegres, charlando y escuchando salsa, vallenato o ranchera que sonaba a todo volumen en el radio de la tienda. En la parte de atrás de la tienda había una cancha de tejo. Algunos de los muchachos se pusieron a jugar contra unos tipos que seguramente eran expertos. Con la suerte del borracho o principiante, los muchachos ganaron varios partidos, y así varias rondas de trago gratis. Otros jugaron sapo, y también ganaron rondas gratis de trago.

Empezó a ponerse el sol y a oscurecerse. La noche refrescaba y los muchachos no querían moverse de allí porque estaban felices, en su salsa.

Como a las nueve de la noche, el Negro dijo:

—Muchachos, tengo que irme, la Negrita me está esperando para ir de rumba a Changó.

—Yo también tengo que ir al pueblo de Vejes a ver a la noviecita —dijo el Viejito, levantándose para irse.

—Yo también me voy porque mis cuatro polvos me está esperando —dijo el Príncipe, yéndose de afán antes de que trajeran la cuenta.

—Gringo, ¿qué vas a hacer esta noche? —le preguntó el Flaco.

—Mi hermano, mañana tengo que madrugar a llevar la comida de los cerdos a la finca del Príncipe en Mirandela —dijo el Gringo, levantándose para ir al baño.

Así como de la nada, cada muchacho se esfumó de la tienda como las cenizas de un palo quemado llevadas por el viento. Algunos tenían planes, otros no, pero al final la mayoría se fue para no pagar la cuenta.

El Gringo, cuando regresó del baño, se dio cuenta de que únicamente quedaban el Flaco y el Negro. Entre los tres pagaron la cuenta con el poco dinero que recogieron de los bolsillos de los pantalones arrugados que tenían en los maletines.

Se montaron los tres en el jeep negro y rojo del Negro. Primero fueron a dejar al Flaco en su casa. Cuando el Flaco se bajó, el Gringo le dijo:

—Flaco pendejo, el lunes te recojo a la misma hora. Nada de quedarse dormido porque no quiero llegar tarde a clase.

El Negro arrancó a todo lo que daba el jeep para dejar al Gringo, porque tenía afán de llegar donde su Negrita a rumbear el resto de la noche.

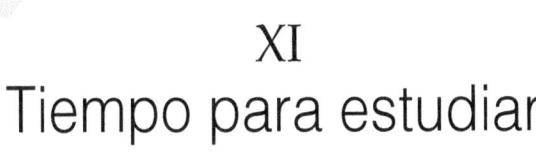

XI
Tiempo para estudiar

Todos somos viajeros en el desierto de este mundo,
y lo mejor que podemos encontrar en nuestros viajes
es un amigo honesto.

Robert Louis Stevenson (1850-1894). Escritor británico.

Los viejos estaban cansados de estar hablando tanta paja. Tomaron un reposo para hacer otra cosa. En el nochero de madera, medio comido por el comején y con la pintura descalichada, había unas revistas y periódicos viejos que le llevaba Danisa a don Tonino, para distraerlo en los tantos momentos de aburrimiento y soledad. El Príncipe cogió una revista de ciencia, que estaba escrita para que solamente la entendieran los científicos nerds de la NASA, no el hombre común y corriente que era la mayoría en la ciudad de Maliquilla. Se le veía la felicidad en su cara mientras leía. Estaba en su salsa visualizando una última teoría, teorema o fórmula matemática que dejaría a Pitágoras como un pendejo a su lado. El Flaco cogió una revista de farándula, no para leer las noticias, seguramente, sino para ver la bellas modelos y actrices y así vivir en su mente sueños eróticos de viejo verde. El Negro cogió el periódico, no para leerlo, sino para ventearse con él y refrescarse del calor sofocante y el ambiente pesado en el cuarto de la clínica. Don Tonino no podía leer por la posición en que estaba en la cama, por ende, entró nuevamente en un trance de pensamiento.

—Mi Negro, el periódico es para leerlo no para refrescarse. Como en los viejos tiempos, perezoso para la lectura —dijo el Flaco, mientras pasaba una página de su revista.

—¡Qué va! Si yo estudié y leí más que tú, Flaco, que pensabas en la rumba no más —dijo el Negro, moviendo el periódico para un lado y para el otro.

—Según un estudio realizado por Oxford, el cincuenta por ciento de los estudiantes de *college* tiene un nivel tres de lectura, que es considerado *deficient*, y la razón es la mala alimentación y el consumo de proteínas, vitaminas… —empezó a decir el Príncipe, mientras veía su revista científica.

—¡Qué va! Uno como joven piensa más en gozar la vida que pegarse de esos libros aburridores —dijo el Flaco sin dejar de mirar una bella modelo en su revista.

—No siempre fuimos vagos, hermanos. Yo recuerdo las trasnochadas en mi casa y donde la Cieguita estudiando para esos malditos exámenes de física, estadística y termodinámica —dijo don Tonino, saliendo de su trance.

—Sí, recuerdo bien, y más las pizzas en la nevera de tu casa —dijo el Negro, sobándose el estómago.

Los viejos dejaron a un lado las revistas y el periódico, entraron en una conversación, por no decir discusión, retrocediendo el tiempo para recordar los momentos en que se dedicaban dizque a estudiar.

Era un día cualquiera en la universidad. El Flaco y el Gringo caminaban hacia el parqueadero para montarse en la moto e irse a la casa, luego de un largo día de clases.

El Flaco le dijo al Gringo:

—Mi Gringo, no he hecho nada de los ejercicios de probabilidad que son para mañana. No entiendo ni jota de eso.

—Sí, es complicado. La cantidad que hay que hacer y con qué tiempo —dijo el Gringo, poniéndose su casco, mientras se alistaba para montarse a la moto.

—La que sí entiende bien eso es la Cieguita —dijo el Flaco, montándose en la parte de atrás de la moto.

—¿Por qué no vamos directo a su casa para que nos explique y adelantamos algo? —dijo el Gringo, prendiendo la moto.

—¡Listo, vamos para allá y le caemos sin aviso! —exclamó el Flaco, agarrándose de lo que fuera para no caerse.

El Gringo arrancó a todo lo que daba la pequeña moto, con destino a la casa de la Cieguita.

En la ciudad de Maliquilla había más motos que vehículos, de todos los cilindrajes, colores y antigüedad. Lo único que tenían todos en común era que no respetaban señales ni normas de tránsito, ni ningún espacio entre los vehículos para meterse y adelantarse lo más posible. No importaba el tamaño del espacio, por ahí se metían los audaces motociclistas, pasando a milímetros de los vehículos a ambos costados para evitar un posible rayón, madrazo o caída en el tráfico caótico de la ciudad. En un semáforo en rojo, los vehículos quedaban rodeados de motos por todos lados como si fueran guardaespaldas o una pared protectora, y no podían moverse hasta que todas las motos salieran a toda velocidad, aguantando los pitazos y los gritos de la gente desesperada en los vehículos de atrás. El Gringo estaba haciendo lo mismo, pasaba a la izquierda, a la derecha, por el andén y por donde fuera para llegar más rápido a la casa de la Cieguita.

La última subida a la casa de la Cieguita era bien empinada. Como la moto era de bajo cilindraje, la única forma de llegar era ir a toda velocidad y subir sin parar. El Gringo iba a todo lo que daba la moto cuando vio que también iba subiendo muy lento un camión. Era ahora o nunca. El Gringo aceleró más pasando al frente del camión que le tocó dar un frenazo para evitar chocarse contra la moto. El Gringo subió tranquilo hacia la casa de la Cieguita, mientras que el pobre camionero con su camión viejo con tantos remiendos que no se sabía qué marca era, le tocó llamar a otro camionero para jalarlo, porque no pudo subir luego de perder el impulso.

—¡Gringo pendejo, casi nos coge ese camión! —dijo el Flaco, asustado.

—Era la única forma de subir sin parar —dijo el Gringo, parqueando la moto en el garaje de la casa de la Cieguita.

Los dos tocaron la puerta de la casa a la vez. La Cieguita abrió la puerta.

—¿Qué hacen ustedes acá? —preguntó la Cieguita, mientras limpiaba sus gafas.

—Venimos a que nos expliques lo de probabilidades y a hacer algunos problemas —dijo el Gringo, entrando a la casa como si fuera la suya.

—También para ver a tu hermana hermosa —dijo el Flaco, entrando a la casa.

—Mi hermana no está. Deja la pendejada. Si vienen a estudiar es a estudiar —dijo al Cieguita, cerrando la puerta.

—Pero antes, sería bueno que nos dieras uno de esos excelentes cafés que haces y algo de comidita. No he comido nada desde la hora del almuerzo —dijo el Gringo, yendo directo a la cocina.

Los tres se fueron a la cocina a preparar el café y a charlar de todo un poco. Como a la hora tomaron la decisión de sentarse a estudiar. Al principio era más charla, chistes y tomada de pelo que profundizar en los libros y problemas. Eso sí, de un momento a otro los tres se concentraron en los problemas sin parpadear. La Cieguita les explicó al Gringo y al Flaco cómo se hacía y ellos absorbieron la lección con mucha facilidad. En una hora terminaron todos los problemas y se dedicaron a charlar sobre todo menos del estudio.

—Se tienen que ir, porque se está haciendo tarde y dentro de poco mete el grito mi mamá —dijo la Cieguita.

—¡Listo! Nos vemos mañana en la U —dijo el Flaco.

Se despidieron de beso en la mejilla. El Gringo y el Flaco arrancaron a toda para regresar a sus casas.

Llegaron a la casa del Flaco, y este al bajarse le dijo al Gringo:

—Mañana nos vemos en tu casa para hacer los problemas de física.

—Listo, te espero —dijo el Gringo, mientras arrancaba para su casa dejando una humareda blanca que salía de la moto.

Al día siguiente, llegaron el Negro, el Flaco y el Príncipe a la casa del Gringo a estudiar. El Negro llegó en su moto grande, con una chaqueta de cuero negro que parecía un miembro de una de las bandas de motociclistas americanas. El Príncipe y el Flaco llegaron en el carro del Príncipe echando humo por todos lados y haciendo mucho ruido por lo desbaratado y viejo que estaba. Tocaron la puerta fuertemente, mientras que gritaban:

—¡Gringo, abre que somos nosotros!

La muchacha del servicio abrió la puerta. Entraron a la casa saludando a toda la familia con alegría y humor. Luego de saludar fueron directo a la cocina. Allí en la cocina el Negro le preguntó:

—Gringo, ¿dónde están las pizzas ricas que siempre haces?

—Están en la nevera. Tranquilos, la muchacha nos las hace y nos llama cuando estén listas —dijo el Gringo.

Se sentaron en el cuarto del Gringo en una mesa vieja de jugar cartas. Se pusieron a charlar sobre todo menos del estudio, mientras estaban listas las pizzas. Cuando la muchacha los llamó, se fueron corriendo a la cocina. Devoraron todas las pizzas en fracción de segundos, y casi todas las gaseosas y otras cosas más que encontraron. Ya con la barriga llena era más fácil estudiar y hacer los problemas de física. Se sentaron en la mesa y empezaron a estudiar en forma. Llenaban los papeles con fórmulas y cálculos matemáticos. Hundían frenéticamente las teclas de la calculadora para ver los resultados. También armaban unas fuertes discusiones de cómo se hacía un problema y cada uno pensaba en forma diferente, a veces sin llegar a una solución definitiva. Como a las dos horas, el Flaco y el Negro se levantaron. El Gringo y el Príncipe siguieron quemándose los ojos por unas horas más.

Nada que aparecían el Flaco y el Negro. De un momento a otro se oyeron unas risas y música salsa del equipo de sonido de la sala. El Príncipe y el Gringo terminaron los problemas y se fueron a ver qué pasaba. Cuando llegaron a la sala, para su sorpresa, aunque realmente no era sorpresa, estaban el Flaco y el Negro medio prendidos, por no decir borrachos. Se habían ido al bar de la sala y sacaron una botella de *whisky* fino del papá del Gringo y ya se habían tomado la mitad. Lo primero que dijo el Gringo fue:

—¡Pendejos, mi padre me va a matar! Se tomaron el *whisky* más fino. Él lo tenía guardado para una ocasión especial.

—¡Qué va hermano, tu padre es un bacán y no se va poner bravo! —dijo el Negro, tomando un sorbo grande de *whisky*.

—Bueno, ya que están tomando, me uno a ustedes —dijo el Príncipe, llenando un vaso con el trago.

Se pusieron todos a tomar. Terminaron la botella y sacaron varias más. Tomaron hasta que no pudieron más. Se quedaron todos dormidos en la sala por la rasca. Parecían cadáveres tirados en un campo de batalla. Inmóviles, pero roncando fuertemente y exhalando alcohol en vez de aire.

El padre del Gringo se levantó a la madrugada para ir a trabajar. Cuando llegó a la sala los vio a todos tirados en el piso como muertos, y las botellas vacías en la mesa. En vez de ponerse furioso y levantarlos, caminó lentamente sin hacer bulla para no molestarlos y se fue a trabajar. Eso sí, por la noche tendría una charla seria con su hijo sobre cómo iba a recuperar las botellas de licor.

El reloj biológico despertó al Gringo, que saltó de un brinco del piso, diciendo:

—¡Qué dolor de cabeza y guayabo! ¡Muchachos, tenemos que irnos ya para llegar a tiempo a la clase!

Se fueron despertando, no con mucha energía por todo el alcohol que tenían en su cuerpo. Cada uno se fue al baño para echarse agua fría para despertarse y bajar la rasca. La muchacha del servicio tenía listos unos huevos pericos con café que los muchachos devoraron como caníbales. El Gringo se montó en la moto con el Negro, mientras que el Flaco y el Príncipe en el vehículo desbaratado, y arrancaron para la universidad.

Llegaron a tiempo para la clase de física. Todos estaban con los ojos rojos, con un tufo el tremendo y con los párpados pesados. Se sentaron en la parte de atrás del salón, esperando que el profesor no los viera y pudieran dormir un rato la rasca para sentirse mejor en el día. Desafortunadamente, el profesor de física le dio por hacer un examen de los problemas. Llamó al azar, a cualquier estudiante, a resolver uno de los problemas en el tablero. El primero en ser llamado fue el Flaco que, medio dormido, con su piel pálida y cuerpo lánguido, se fue arrastrando al tablero. El profesor le dio uno de los problemas que no había terminado de hacer en la casa del Gringo. El Flaco se quedó un rato mirando el tablero, no porque estuviera pensando, sino porque se estaba quedando dormido por la rasca. Cuando el profesor ya lo iba sentar, el Flaco empezó a escribir una cantidad de fórmulas y cálculos en el tablero como impulsado por el Espíritu Santo. Al final, el Flaco tenía correcto el problema. El profesor se quedó con las ganas de ponerle una mala nota. Lo mismo les pasó al Gringo, al Príncipe y al Negro. Por ósmosis, el Espíritu Santo, el ángel guardián o simplemente el alcohol los hacía más inteligentes, pudieron hacer bien los problemas y sacar buena nota.

Así estudiaban los muchachos sin nombre durante el tiempo de la universidad. Aunque se lo pasaban vagueando, en rumbas, tomando trago, con mujeres y en paseos, cuando tenían que estudiar, se dedicaban en forma, aunque fuera una hora no más. Esto fue suficiente para que aprendieran algo y pasaran las materias. No siempre fue así, hubo momentos en que no les iba bien, pero tenían soluciones maquiavélicas a la situación.

Como el caso de la clase de dibujo. El profesor disfrutaba poniendo malas notas y rayando por todos lados los bellos dibujos que los estudiantes hacían dedicándoles horas para tratar de dejarlos perfectos. Más de la mitad de la clase estaba perdiendo la materia. Un día, el Flaco y el Negro llegaron temprano a la clase y no encontraron a nadie. Para su asombro, vieron un maletín a lado de la mesa del profesor y les entró la curiosidad de ver que tenía adentro. El Flaco miró al Negro y le dijo:

—Ve a la puerta y vigila. Yo voy a abrir el maletín para ver qué hay adentro. Me avisas si viene el profesor o alguien más.

El Negro se fue para la puerta a echar ojo, mientras que el Flaco abría el maletín. Luego de un rato, el Negro vio que el Flaco lo miraba con cara de asombro y le preguntó:

—¿Qué pasa, mi Flaco?

El Flaco se despertó del asombro y dijo:

—Están todos nuestros dibujos del examen final.

El Negro lo miró y le dijo:

—Bueno, ¿qué hacemos con ellos?, porque más de la mitad de la clase se está rajando en esta materia.

Se le prendió el bombillo al Flaco y le dijo al Negro:

—Mi hermano, deberíamos hacerlos desaparecer. No creo que el profe nos ponga a hacer nuevamente los dibujos. Así tendrá que poner una buena nota a todos.

—¡Excelente idea, mi hermano! ¡Hagámoslo rápido, ya! —dijo el Negro, excitado.

El Flaco cogió el maletín y salió corriendo con el Negro a buscar dónde botarlo. Encontraron una cantidad de escombros, como tantos que había por la ciudad, escondieron el maletín debajo de ellos y regresaron al salón. Ya estaban llegando los otros estudiantes. El Negro y el Flaco se sentaron tranquilos, hablando y tomando el pelo, como si nada hubiera pasado. Al rato entró el profesor y empezó a buscar frenéticamente algo por el escritorio. Luego de buscar por unos minutos, preguntó a la clase:

—¿Alguno de ustedes vio un maletín que dejé a lado del escritorio esta mañana temprano?

Todos contestaron que no, incluso el Flaco y el Negro, con una sonrisa de pícaros.

—Bueno, allí estaban todos los dibujos del examen final. Si no aparecen, les tocará hacer de nuevo los dibujos —dijo el profesor con un poco de furia.

Toda la clase saltó al mismo tiempo a alegar con el profesor, diciendo que no era justo, que no quedaba tiempo, que estaban cansados de tanto atropello con sus dibujos y notas. Se estaba empezando una minirrevolución en contra del profesor. El profesor se asustó y cuando los estudiantes se le estaban acercando demasiado dijo:

—Bueno, tienen razón, no hay tiempo de repetirlo. También sé que todos han trabajado duro durante el curso. Por esto, voy a poner la mínima nota para pasar.

Cambió el ambiente entre los estudiantes. Estaban contentos, sabían que con esta nota y el alto porcentaje del examen final podían pasar la materia. El Flaco extendió la mano al Negro y le dijo:

—Mi hermano, es nuestro secreto. Nos salvamos de rajarnos en esta materia.

—Sí, mi hermano, no se lo contaremos a nadie —dijo el Negro, chocando la mano del Flaco.

Cuando se terminó la clase, el Flaco se regresó con el Gringo, como siempre. Cuando llegaron a la casa del Flaco, el Gringo le dijo:

—¡Qué tal lo que pasó hoy en la clase de dibujo! Raro que se perdieran los exámenes finales cuando la mitad de la clase estaba rajada en esa materia.

El Flaco lo miró con una cara de inocencia, pero a la vez de picardía, y dijo:

—¿Qué raro no? No entiendo qué pasó.

Cuando el Flaco estaba entrando a su casa, el Gringo le gritó:

—Flaco, mañana te recojo para ir a estudiar donde la Cieguita. Estás listo porque no quiero llegar tarde.

—¡Listo, mi hermano! —contestó el Flaco, entrando a la casa con una sonrisa de oreja a oreja.

XII
Mala hierba no muere

¡Qué súbitas amistades surgen del vino!
John Gay (1685-1732) Poeta y dramaturgo inglés

Los viejos estaban sentados descansando luego de hablar unas cuantas palabras. Por su avanzada edad, luego de una frase o dos se sentían tan cansados como si hubieran corrido una maratón o recitado de memoria un poema completo de Borges. Daba la impresión de que los viejos se ahogaban mientras trataban de tomar aire fresco de cualquier rincón del infernal cuarto. Como cualquier día en Maliquilla, el aire era estático y el ventilador hacía más bulla que expulsar aire. Afuera, el pueblo entero luchaba por cualquier viento fresco, aunque viniera de un movimiento de un periódico viejo releído mil veces, un cuaderno reusado o un abanico que compraban los que tenían más poder adquisitivo.

Mientras los viejos entraban en un sueño profundo, por la ventana rota del cuarto se oyó un frenazo el tremendo. Unas llantas chirriaban con un ruido escalofriante y luego se escuchó un golpe muy fuerte y un crujir de latas retorcidas, como cuando el Titanic chocó contra el témpano de hielo.

Don Tonino y el Negro fueron los primeros en abrir los ojos y soltar un suspiro de susto. El Flaco seguía cabeceando en su trance profundo, mientras que el Príncipe se acercó a paso de tortuga de los Galápagos a la ventana rota y negra de mugre.

El Príncipe llegó a la ventana y miró por el roto del vidrio, porque no se podía ver a través de él por la mugre, y volteándose lentamente dijo:

—Parece que la inercia producida por la fuerza y la velocidad del vehículo, además de la distancia, según el cálculo físico newtoniano, deduzco que el vehículo iba a una velocidad variable…

—Príncipe pendejo, diga no más que se chocó el carro —dijo el Negro, saliendo del asombro.

—Ese Flaco aún de viejo sigue durmiendo luego de ese ruido tan espantoso que despertó hasta las almas del cementerio de Maliquilla —dijo el Negro, mientras miraba al Flaco tirado en el asiento roncando con la boca abierta.

—¡Mi Negro, casi me muero de un infarto cuando oí el frenazo y el golpe tan duro! —dijo don Tonino, recuperándose del susto.

—¡Yo también! —dijo el Negro todavía mirando al Flaco.

—Creo que el susto no fue por el ruido, sino por el recuerdo de la chocada tan tremenda que nos pasó —dijo don Tonino.

—Sí, recuerdo ese día con susto y alegría porque estamos aquí para contarlo —dijo el Negro, mientras se paraba lentamente del asiento para estirar los músculos encalambrados.

—No era nuestro día, no era nuestro día —dijo don Tonino, moviendo la cabeza de un lado para el otro.

Los viejos empezaron a conversar sobre el acontecimiento. El Flaco ya se había levantado de su siesta de unos cuantos minutos y el Príncipe lentamente regresaba a su asiento. Otra vez los viejos se transformaron en los muchachos sin nombre, recordando un episodio más de su vida.

La música sonaba a todo volumen en un bar cualquiera, mientras el Chino, el Indio, el Negro y el Gringo conversaban y se tomaban unos guaros. Los cuatro estaban más prendidos que el alumbrado público. En la mesa con ellos quedaba una sola amiga que le decían la Repartidora, pero no de periódicos, sino de los órganos afrodisiacos de una mujer. Las otras amigas se fueron porque tenían que madrugar a estudiar al otro día. El problema es que todos tenían que hacer lo mismo, pero lo muchachos sin nombre no pensaban en eso en el momento.

Los cuatro muchachos sin nombre se quedaron mirando a la Repartidora con ojos de aves de rapiña. Todos estaban pensando en lo mismo, si pensar con la cabeza de abajo fuera suficiente. Se miraron de reojo el uno al otro esperando la oportunidad para dar la estocada final y llevar el trofeo para su diversión amorosa a cualquiera de los moteles de la ciudad. En ese momento, el Chino, con sus pocas palabras dijo:

—Repartidora, te apuesto que no puedes con los cuatro.

Todos se miraron con cara de asombro, no tanto por lo que dijo el Chino, sino porque habló.

—Puedo con los cuatro y con muchos más —dijo la Repartidora, que tenía muchos tragos encima.

—Bueno, solucionado. Vamos todos al motel del norte para ver si la Repartidora cumple con lo que dice —dijo el Negro, ya parándose para ser el primero.

Todos se pararon no muy rectos por tantos tragos que tenían encima. Salieron del establecimiento tambaleándose, abrazados y hablando sin sentido.

Parqueados en la calle de enfrente del establecimiento estaba el Simca del Indio y el del Gringo. El carro del Indio estaba engallado con cromo, con pintura nueva color verde, llantas y cojines nuevos. El carro del Gringo, por el contrario, tenía las llantas completamente desgastadas, la pintura amarillo pollito estaba casi blanca por el sol, tenía más huecos por el óxido que la luna y los cojines estaban rotos y manchados por todos lados. La Repartidora, sin pensarlo dos veces, dijo:

—Yo me voy en el carro del Indio que está mucho mejor que el otro.

—Tranquila Repartidora, no me ofendes. Te mostraré quién es mejor cuando lleguemos al motel —dijo el Gringo, buscando las llaves del carro.

—Bueno, el primero que llegue al motel es el primero con la Repartidora —dijo el Indio ya montándose en el carro.

—Vamos, mi Negro, deja de hablar paja con esa pelada. Tenemos que ir de afán porque no quiero comer embolado —dijo el Gringo, montándose al carro y prendiéndolo.

—¡Van a comer embolados! —exclamó el Indio, arrancando a toda velocidad.

El Gringo arrancó a todo lo que daba el Simca amarillo pollito siguiendo al Indio. Afortunadamente, ya era entrada la noche y había poco tráfico. Los dos carros iban a toda velocidad por la autopista central de Maliquilla. No respetaban semáforos en rojo ni señales de pare. Se pasaban a todos, pitando como locos o escuchando los otros carros frenar en seco para no chocarse. El carro del Indio tenía el motor arreglado, por lo tanto, andaba más rápido. El Gringo como fuera y metiéndose por todos lados iba siempre a la cola del Indio. El Chino se hacía el loco y se acostaba en la pochecas de la Repartidora, mientras que el Indio miraba con asombro por el retrovisor. Los dos carros llegaron a la avenida sexta de Maliquilla, que era una calle llena de comederos y bares. Los dos empezaron a bajar por la avenida a toda velocidad. El carro del Gringo echaba humo y le sonaba todo, parecía una serenata con cantantes borrachos, por los ruidos sin melodía. El Negro iba cabeceando de un lado para el otro por la rasca, mientras que el Gringo metía los cambios a taconazos para pasar los carros. Pasaban como locos entre un carro y el otro. Lo único que recibían era madrazos de los otros conductores. Unos cuantos transeúntes y borrachos miraban con interés la carrera como si fuera de la Fórmula Uno. De un momento a otro al Indio le tocó disminuir la velocidad y el Gringo lo pasó. En ese momento el Gringo le dijo al Negro:

—Negro, rifemos quién empieza con la Repartidora, porque vamos a llegar primero. El Negro solamente se rió mostrando los dientes blancos perfectos. El Indio aprovechó una recta sin carros y aceleró hasta alcanzar al Gringo. Los dos carros iban a toda velocidad, cuello a cuello por la avenida sexta, cuando de pronto, de la nada, salió un carro atravesando la calle. Todo pasó en milisegundos. No había tiempo de frenar. El Indio se abrió a la izquierda y pasó a milímetros de distancia. Por el contrario, el Gringo se encontró con el carro de frente. Al Gringo inmediatamente le tocó hacer un quiebre a la derecha para no chocarse contra el vehículo. Las llantas del Simca amarillo pollito chirriaron fuertemente. El Gringo logró no darse contra el carro y pensó que estaban salvados, pero se encontró con un árbol a poca distancia. No podía esquivarlo girando hacia la calle porque el otro carro estaba allí. En fracción de segundos, el Gringo vio que entre el árbol y la casa de al lado había un parqueadero, y pensó que podía meter el carro por allí y salir ileso. El Gringo giró fuertemente a la derecha para no chocarse contra el árbol, pero desafortunadamente el árbol tenía un muro pequeño de protección que el Gringo no vio. La llanta delantera izquierda pegó contra el muro y el carro salió volando fuera de control. Lo único que alcanzó a decir el Gringo en esos milisegundos de vuelo fue:

—¡Negro pendejo, nos matamos!

El carro se estrelló a más de setenta kilómetros por hora contra un muro doble donde estaba la caja eléctrica de la casa. El ruido fue estruendoso. Solamente se oía el retorcer de latas por todos lados. El frente del carro se encogió como un acordeón. Las llantas delanteras se metieron por debajo del carro levantando las latas del piso. El vidrio del parabrisas explotó en mil pedazos con el golpe del timón y la cabeza del Gringo, también los vidrios de las ventanas delanteras. Era un caos total. Latas, vidrios y ruidos por todos lados. En un momento todo se acabó y el sitio quedó en un silencio sepulcral. El choque parecía en cámara lenta, como si se hubiera demorado una eternidad. En realidad, todo pasó en fracciones de segundos.

Allí quedaba, contra un muro al frente de una casa, un montón de lata torcida que antes era un carro Simca color amarillo pollito. En su interior se veían dos cuerpos retorcidos e inmóviles. Al otro lado de la calle había varios comederos. Los que disfrutaban una buena comida para bajar la borrachera se quedaron mirando para ver qué era lo que pasaba. Algunos empezaron a levantarse para ir a chismosear lo ocurrido y curiosear quiénes eran los dos "muñecos" en el carro. Dos caballeros, medio borrachos se acercaron al carro, y uno dijo:

—Yo conozco el chofer, él trabaja para mí en la fábrica.

El otro dijo:

—Parece que están muñecos. ¿Llamamos a la Policía o a una ambulancia?

En ese momento, el Negro empezó a moverse lentamente, quejándose y diciendo:

—Gringo, Gringo, ¿estás vivo, estás vivo? No se puede morir, mi Gringo.

El Gringo contestó en voz baja:

—Negro, estoy vivo pero retorcido y no puedo moverme. ¿Cómo estás, mi Negro? ¿No tienes nada roto? —le preguntó el Gringo.

—No Gringo, golpes no más, golpes no más. Voy a tratar de salir del carro —contestó el Negro—. ¡Esta maldita puerta no abre! —continuó diciendo el Negro, mientras empujaba la puerta con la poca fuerza que tenía. La puerta no abría porque estaba completamente torcida por el golpe.

—Negro, sal por la ventana —dijo el Gringo con voz de dolor y de susto.

El Negro sacó fuerzas de donde no tenía y se expulsó por la ventana cayendo al piso. Se paró despacio, chequeando que no tuviera nada quebrado. Se fue lentamente al otro costado para ver cómo podía ayudar al Gringo.

En ese momento llegaron el Indio y el Chino. Pararon más adelante cuando vieron que el carro color amarillo pollito no los seguía. Se devolvieron y vieron asombrados las latas retorcidas e incrustadas en la pared. El Gringo tenía medio cuerpo fuera del parabrisas de adelante y las dos piernas subidas hasta el pecho. Entre el Indio, el Chino y el jefe del Gringo sacaron con mucho cuidado al Gringo por la ventana de la puerta del chofer.

El Negro no podía ayudar porque se estaba poniendo blanco por los golpes y por el susto tan verraco. El Negro se miraba por todos lados, y para su asombro, no tenía trazos de sangre, piel rota o cualquier cosa rota después de semejante golpe tan tremendo.

El Indio y el Chino ayudaron al Negro a subir al carro del jefe del Gringo. Luego, con delicadeza, montaron al Gringo al mismo carro. El Gringo sí tenía toda la cara llena de sangre, parecía que le hubieran metido la cabeza en un balde de salsa de tomate.

El Gringo, semiconsciente, le preguntó al Negro:

—Mi hermano, ¿estás bien, estás bien?

—Sí, sí, mi hermano, golpeado no más —le contestó el Negro medio atontado o todavía rascado.

—Mi hermano, ¿estamos en el cielo? —le preguntó el Gringo.

—¡No pendejo, estamos vivos, estamos vivos! —le respondió el Negro.

El jefe del Gringo llevó a los dos heridos a la sala de emergencia del Hospital Departamental de Maliquilla. Fueron admitidos y puestos en unas camas viejas, con sábanas sucias. La sala de emergencia era una locura total, solo se veían y oían a enfermeras y médicos correr de un lado para el otro, quejidos de los heridos y llanto de los familiares de los difuntos.

Las camillas viejas en las que los llevaban hacia el cuarto, sonaban más que el carro color amarillo pollito del Gringo. En ese instante, el Negro le dijo al Gringo:

—No nos matamos en ese accidente tan verraco para que nos venga a matar una infección en este mierdero.

El Gringo solo esbozó una sonrisa con ese dolor tan horrible que sentía.

Los dos fueron chequeados por los médicos de turno. De puro milagro, el Negro no tenía ni un rasguño. Al Gringo le tuvieron que coger unos puntos en una herida en la frente, pero afortunadamente tampoco tenía ningún otro daño, fractura o dolencia. Simplemente los dos sentían una tensión muscular impresionante, como si todo se hubiera vuelto un nudo difícil de zafar.

Al rato llegó el padre del Gringo, que fue llamado por el jefe, a ver cómo estaban. Llegó tranquilo, acostumbrado a las llamadas al amanecer, a resolver todo mientras que el Negro y el Gringo se recuperaban en un cuarto medio acabado en el Hospital Departamental.

Los dos pasaron varios días en el hospital. Lógicamente, sus familias fueron a visitar a los dos muchachos sin nombre. Algunos estaban bravos por lo sucedido, pero para la mayoría era un alivio que estuvieran con vida. También los visitaron varios de los otros muchachos y muchachas sin nombre. Los dos oían comentarios como: "No entiendo cómo no se mataron", "Se salvaron de milagro", "El ángel guardián los estaba acompañando".

La última noche, los dos se quedaron solos en el cuarto. El Gringo miró al Negro y le preguntó:

—Negro ¿estás despierto, estás despierto?

—Ahora sí, mi Gringo, con tanta gritería tuya —contestó el Negro.

—¡Mi hermano, no entiendo cómo nos salvamos! ¡Es un milagro de Dios, un milagro! —dijo el Gringo mirando el cielo.

—¡Cuál milagro! Lo que nos salvó fue la borrachera, porque si hubiéramos estado en sano juicio, no estaríamos en este cuarto, sino pudriéndonos cinco metros bajo tierra —dijo el Negro con la voz un poco temblorosa.

—¿Cómo así, mi Negro, que la borrachera? —preguntó, asombrado, el Gringo.

—Claro que sí, mi hermano. Como estábamos tan borrachos nuestros cuerpos se movían para un lado y para el otro con los golpes, acomodándose a todos los cambios. Así nos salvamos —le explicó el Negro.

—Sí, tienes razón mi hermano, pero sigo creyendo que fue un milagro de Dios —dijo el Gringo.

—Lo único que sé, mi hermano, es que estamos vivos. Eso es lo importante y tendremos un cuento para contar a nuestros hijos —dijo el Negro con voz llorosa.

—Sí, mi hermano. Creo que también esto vuelve más fuerte nuestra amistad —dijo el Gringo con voz pensativa.

—Sí, mi Gringo, y creo que Dios nos dio otra oportunidad en la vida porque todavía estamos empatados. ¿Recuerdas mi Gringo? —dijo el Negro, empezando a reírse.

—Claro que sí, claro que sí. No me hagas reír que me duele todo —dijo el Gringo.

Los dos muchachos sin nombre, en la soledad del cuarto oscuro, empezaron a reírse a un nivel que podían aguantar por el dolor. Poco a poco se quedaron dormidos agradeciendo a Dios por darles otra oportunidad y por la fuerza de hermandad que los uniría por el resto de sus vidas.

Al otro día fueron dados de alta y cada uno regresó a su casa a seguir descansando. No pudieron ir a la universidad por esa semana. Afortunadamente no se atrasaron mucho.

En la universidad se volvieron a encontrar con el Indio y el Chino. Ambos los habían visitado en el hospital, pero no pudieron hablar mucho.

El Gringo les preguntó:

—Muchachos, ¿en qué terminó ese día con la Repartidora?

El Indio contestó:

—Luego del susto tan verraco del choque, la Repartidora quiso regresar a su casa. El Chino la llevó en un taxi, mientras que yo los ayudaba a ustedes.

—Imagino, mi Chino, que fuiste todo un caballero con la Repartidora y que no le tocaste un pelo —dijo el Negro con voz sarcástica.

—Claro que sí. Claro que sí —dijo el Chino, muerto de la risa. Todos soltaron una carcajada porque sabían que el Chino terminó siendo el primero y el último porque nunca más se supo de la Repartidora.

En ese momento entró el Flaco mamando gallo, como siempre, y dijo:

—Gringo pendejo. Por estar tratándote de matar, me tocó venirme en bus toda esta semana. Sinceramente, la mala hierba no muere.

—Tranquilo, mi Flaco, mañana te recojo a la misma hora, pero eso sí, a estar despierto porque te dejo —dijo el Gringo mirando al Negro, quien lo miró con una sonrisa. Los dos sabían que las cosas iban a cambiar desde ese momento porque volvieron a nacer.

XIII
Se acabó la diversión

Los amigos son necesarios para el gozo y para el dolor.
Samuel Paterson.

Los viejos se quedaron en silencio por unos momentos en el cuarto demacrado del hospital. Parecía que estuvieran entretenidos en pensamientos profundos. Algunos estaban cabeceando por el cansancio y el tremendo calor sofocante que siempre hacía a cualquier hora del día. Por unos minutos, a ninguno de los viejos le dio por mirarse o dirigirse la palabra. En el fondo sabían que el tiempo estaba llegando a su final. Aunque su reunión hacía especial este día, era uno más en la corta vida que les quedaba.

El Negro, como de costumbre, no pudo contener su lengua y dijo:

—¡Qué buenos recuerdos tenemos de lo que hicimos en la universidad! ¡Sí que fuimos unidos, una fraternidad de hermanos! Lo malo es que luego de terminar la carrera, cada uno cogió una ruta diferente y nos perdimos por un tiempo. ¿No entiendo por qué?

El Flaco se despertó de su pequeña siesta. Nunca se le quitó la manía de quedarse dormido en cualquier parte. Moviendo la cabeza para ayudar a despertarse, dijo:

—Mi Negro, es normal. Algunos perdimos materias y nos atrasamos. Otros, como el Gringo, empezaron a trabajar antes de graduarse. Cada uno empezó a vivir algo diferente.

El Príncipe interrumpió diciendo:

—Si analizamos las diferentes etapas psicológicas, antropológicas y filosóficas de la vida de un hombre, y según el último estudio de la Psychiatric Association de la Universidad de Yale, el hombre pasa por cuatro etapas de cambio emocional, mental y psicológico, llamadas en inglés, *Psychological stages of life*. Y si vemos…

Don Tonino cortó tajantemente al Príncipe, diciéndole:

—Príncipe pendejo, en lenguaje sencillo y maliquileño, simplemente maduramos, no más.

Como siempre, el Príncipe con su vocabulario fino y científico alborotó el avispero entre los viejos. Todos empezaron a hablar a la vez dando sus razones y explicaciones de lo que pasó. Como buenos viejos tercos, justificando y alegando sus razones con tanto fervor que parecía un debate presidencial.

Aunque el día se estaba acabando, el pequeño cuarto se llenó de tanta energía que podía alumbrarlo para una eternidad. Era una energía irradiada por la alegría de los viejos al poder revivir sus momentos juntos y no dejar escapar nada. En el fondo sabían que no había ninguna forma de recuperar el tiempo en esta etapa final de la vida. Las paredes del pequeño cuarto volvieron a colapsarse como una caja de cartón. El paisaje del fondo empezó nuevamente a transportarse al pasado.

Luego del último paseo al río, los muchachos sin nombre cogieron rumbos diferentes. Algunos, como el Gringo, el Príncipe y la Cieguita, se graduaron de la universidad ese mismo año. Otros, como el Flaco, el Negro y el Guajiro, tuvieron que continuar con sus estudios, graduándose más tarde. El Chino nunca se graduó.

La universidad era punto de reunión de los muchachos sin nombre, era el centro donde giraba todo su mundo. Los que se graduaron consiguieron trabajos en diferentes lados. El Gringo consiguió un trabajo en un ingenio de azúcar, un poco lejos de la ciudad de Maliquilla. El Príncipe consiguió trabajo en una empresa multinacional con sede en la ciudad. La rutina diaria de cada uno cambió intempestivamente, comparada con los tiempos de la universidad. Al principio fue muy duro el cambio. Fue un paso de la libertad absoluta a la rutina de absorción total. De no pensar en horarios, tiempo, lugar y responsabilidad a todo lo contrario. Esto afectó el estado anímico y psicológico de algunos. Otros, para no sentir el cambio, siguieron la rumba y el ritmo de vida que llevaban en la universidad, manejándolo al mismo tiempo con la seriedad del trabajo. En el fondo de sus corazones todavía eran jóvenes. Sentían cierta libertad y no estaban listos todavía para atarse de lleno a su nueva vida. Todos fueron muy responsables con su trabajo. Luego de terminar su horario laboral, y más los fines de semana, aprovechaban para tomarse sus tragos, ir de rumba con alguna pelada, ir de paseo o simplemente hacer lo que les diera la gana, eso sí, no con los otros muchachos sin nombre, porque cada uno cogió un rumbo diferente. Salían con nuevas amistades adquiridas en sus trabajos y los lugares que frecuentaban.

Eso no significa que nunca más se volvieron a ver, pero ahora lo hacían con menos frecuencia. Cuando se veían, volvían a su estado de inmadurez y se comportaban como siempre lo hacían durante sus andanzas en la universidad.

Los que aún estaban solteros vivían con sus padres, como era costumbre en Maliquilla, claro que no por la soltería, que es la disculpa más estúpida pero efectiva, sino porque en los primeros trabajos no ganaban suficiente dinero ni para pagar la gasolina. Eso sí, alcanzaba para las salidas de rumba, las tomadas de trago o los paseos al río o al campo.

Los muchachos sin nombre se llamaban a veces para saludarse, hablar paja, recordar anécdotas o simplemente para chismosear o rajar de otros. Algunos se veían para salir, pero con nuevas muchachas sin nombre, como cuando un viernes en la noche el Negro llamó al Gringo y le dijo:

—Mi Gringo, voy a estar en la discoteca Changó con unas peladas, ¿no sé si quieras pasar para vernos?

—¡Claro que sí! No tengo nada qué hacer esta noche. Nos vemos allá en la discoteca. Espero que las hembritas no sean de las peludas que te gustan a ti, mi Negro —le contestó el Gringo.

—No, están buenísimas. Vas a ver. Nos vemos —se despidió el Negro y colgó.

El Gringo fue a la discoteca como a medianoche, hora normal para empezar las rumbas. El Negro estaba solo en la mesa con tres muchachas. Estaba feliz conversando y tomando *whisky*. Como ya estaban trabajando podían comprar un trago más fino en vez del aguardiente anisado que tomaban durante la época de la universidad. Otra razón por la que el Negro tomaba trago fino era para conquistar a las muchachas y seguir su plan maquiavélico de llevarlas a la cama. Era lo único que le importaba.

—Hola, mi hermano, veo que estás muy bien acompañado —le dijo el Gringo, saludando al Negro.

—Sí, mi hermano, voy a salir a bailar con esta, tú escoge la que quieras —contestó el Negro, sacando una de las muchachas a la pista de baile.

El Gringo miró a las dos muchachas y le gustó una que tenía cara de holandesa. Por cortesía, el Gringo bailó con las dos. Más tarde se fue arrimando a la que ya había dado el apodo de la Holandesa. Bailaron casi toda la noche. Luego de un buen tiempo de baile y trago, se besaron apasionadamente, pero no por amor, sino porque el Gringo quería simplemente acostarse con la Holandesa. De un momento a otro, el Gringo salió de la discoteca y regresó como a las dos horas. El Negro le preguntó:

—Mi hermano, ¿dónde estabas con esa vieja? Estaba preocupado y pensé que te habías ido para la casa.

—No, mi hermano, me fue bien. Me llevé a la Holandesa para el motel ese, ¿cómo se llama?, ya recuerdo, Amor Prohibido. Me la comí, echando mis dos polvitos sabrosos. ¡Sí que gritaba la vieja, qué polvo tan sabroso! —le dijo el Gringo sacando pecho, como si fuera el gran macho, varón invencible.

El Negro soltó una carcajada fuerte y se revolcaba de la risa que no podía contener.

—¿Qué le pasa, mi Negro, qué fue tan chistoso? Si simplemente me comí a la vieja que seguramente tú no pudiste hacerle nada —le dijo el Gringo con voz de orgulloso.

—No, mi hermano, sí te comiste a la vieja, pero comiste embolado, porque antes de que tú vinieras, yo ya me la había comido —dijo el Negro todavía muerto de la risa.

—No te creo mi Negro. Ni por el diablo comí embolado —dijo el Gringo con un poco de furia.

—De malas, mi hermano, así fue —dijo el Negro con los ojos llorosos de la risa.

—Hermano, bueno, veo que el partido está uno a cero, pero esto no se va a quedar así. Te voy a hacer lo mismo algún día y así quedaremos empatados —dijo el Gringo con risa también porque al final lo único que le importaba era haberse acostado con la pelada sin importar si era verdad lo que decía el Negro.

—¡Vamos a ver, mi hermano, vamos a ver, por ahora voy ganando! —le dijo el Negro, dándole un abrazo.

Iban pasando los años y de vez en cuando los muchachos sin nombre se veían para conversar, compartir momentos en fiestas, en paseos a fincas o en discotecas. Luego de mucho tiempo invitaron a los muchachos sin nombre a una finca con unas muchachas sin nombre. El Negro y el Gringo estuvieron en la finca gozándose la rumba y a las muchachas. Cada uno estaba en lo suyo y regresaron del paseo a diferentes horas. El Gringo se regresó con una de las muchachas. En el apartamento de ella se la comió, como era costumbre. No había nada de seriedad, no existía el amor, lo único que existía era la oportunidad del placer.

A los seis meses, el Gringo se reunió con el Negro para jugar un partido de tenis. Luego del partido se quedaron conversando sobre temas en general. Dentro de la conversación, el Negro le preguntó al Gringo:

—¿Recuerdas hace seis meses esa ida a la finca con las muchachas?

—Claro que sí la recuerdo. Hasta yo me vine más temprano que vos —le contestó el Gringo.

—Sí, mi hermano, te viniste más temprano, pero cuando bajé pasé por el apartamento de la muchacha esa, como era que la llamábamos, ahora recuerdo, la Flor. Me recibió a la hora que llegué y luego de unos traguitos, me la comí —dijo el Negro todo orgulloso.

El Gringo soltó una carcajada incontrolable y luego de unos minutos pudo sacar las siguientes palabras:

—¡Mi hermano, empatados, empatados!

—¡Cómo así que empatados, no estamos hablando de fútbol! —le dijo el Negro, asombrado.

—No, mi hermano, no es fútbol, sino que estamos empatados con las viejas. Hermano, comiste embolado esa vez a la Flor, porque precisamente me bajé temprano para comérmela —le dijo el Gringo, muerto de la risa.

—¡No puedo creerlo! Como que así fue, mi hermano, me devolviste lo que te hice y ahora quedamos empatados. Ahora hay que ver quién logra el desempate —dijo el Negro también entrándole la risa.

El Gringo y Negro se quedaron conversando por un rato más y luego cada uno cogió camino de regreso a su hogar. No se volvieron a ver por mucho tiempo, ni con los otros muchachos sin nombre.

Hubo algunos reencuentros, pero más entre grupos pequeños o personas. Como a más de diez años de graduados, los muchachos sin nombre se reunieron en una finca cerca de Maliquilla. Fue un paseo de día con la familia, muy diferente a los paseos de días y noches, solos, que hacían cuando jóvenes. La mayoría apareció con sus esposas, hijos, novias, hijos no más, novia no más o algunos con la moza que la presentaban como la esposa. El paseo era más de compartir en grupo, tomar algunos tragos y comer como nunca. Eso sí, con el tiempo se le abrió el apetito a todos, seguramente recuperándose de tanta aguantadera de hambre en los paseos cuando jóvenes, por la falta de dinero o porque simplemente era más importante pasar rico tomando trago que preocuparse por comer.

En la reunión no faltaron los cuentos y los recuerdos de antaño y las anécdotas que hacían reír a algunos. A otros, como ya eran adultos maduros, les parecía una pendejada recordar. También jugaron futbolito y vóleibol, pero la mitad de los muchachos sin nombre no aguantaba más de diez minutos, por diferentes razones, como los kilos de más, los pulmones vueltos nada por el alquitrán del cigarrillo o simplemente por lesiones sufridas en el pasado. Ese día, la mayoría se dio cuenta de que ya no eran jóvenes y que no podían hacer las mismas cosas como antes. A algunos no les importó, porque se acomodaron a su nueva vida, pero otros sentían tristeza y melancolía por la realidad que solamente se curaba con un buen trago y un plato de fritanga.

El día del paseo pasó rápido y, como siempre, al final todos se despidieron con abrazos, besos y jurando volverse a ver prontamente. En el fondo sabían que eran palabras no más y que en realidad no se cumplirían. Todos se montaron en sus carros y cogieron rumbos diferentes. Ese día fue como un sueño más, esparcido en pequeñas partículas como el polvo que arrastran, sin ruta alguna, los vientos calientes de Maliquilla.

Con el tiempo, los muchachos sin nombre se reunían con mucho menos frecuencia. Algunos fueron promocionados en su trabajo, adquiriendo más responsabilidades, y otros trasladados a otras ciudades. Otros se independizaron y montaron sus negocios. Y unos cuantos pasaron a mejor vida por diversas circunstancias y enfermedades. Cada uno se enrutó en algo distinto. Con el tiempo, estaban completamente ocupados, en planes diferentes, conociendo personas diferentes, con pensamientos diferentes y más que todo con una visión de la vida diferente.

En el tiempo infinitesimal del destello de un rayo, los muchachos sin nombre se volvieron viejos. Durante el periodo entre la juventud y la vejez, muy rara vez pudieron verse y estar en comunicación. Lo importante era que los recuerdos, las caras y las sonrisas estaban estampados para siempre en sus corazones y en sus mentes. Como todo en la vida se acaba, a los muchachos sin nombre se les acabó la libertad, el no pensar en el tiempo, el sentimiento de ser invencibles, el gozar sin tener nada, la risa incontrolable y la falta de visión del futuro. Más que todo, las recogidas, esperadas y llegadas tarde a la universidad, principalmente para el Gringo, que nunca más tuvo la preocupación de recoger al Flaco.

XIV
El cierre del círculo

Nunca es largo el camino que conduce a la casa de un amigo.

Juvenal (67-127) Poeta satírico romano.

La enfermera sargenta entró marchando al cuarto de don Tonino y, como siempre, con voz de mandona, le dijo:

—Don Tonino, los señores tienen que irse porque ya casi termina la hora de la visita y tengo que darte las medicinas puntualmente.

Don Tonino la miró con ojos de halcón y le dijo:

—Ellos se van cuando a mí me dé la gana echarlos, no por un horario estúpido de visitas.

La sargenta lo miró lista para decirle algo, pero prefirió irse sin discutir porque sabía que era inútil convencer a un viejo cascarrabias y terco. Pero antes de salir, le dijo:

—Bueno, es problema tuyo si la seguridad viene a sacarlos. Yo no respondo por eso.

La enfermera salió del cuarto, pero antes prendió la luz porque sabía que los viejos no cumplirían la regla de las visitas y se iban a quedar más tiempo.

—Que vengan a ver si pueden con estos cuatro viejos. Estoy seguro de que los hacemos correr como gallinas asustadas —dijo don Tonino.

—Muy bien por esa mi Gringo, como en los viejos tiempos. Todavía tenemos fuerzas para pelear en grupo —dijo el Flaco, moviendo los brazos de un lado para el otro, como tirando puños.

—Este Gringo, tan viejo y todavía peleón —dijo el Negro, muerto de la risa.

—Desde un punto de vista antropológico, se ha comprobado, según estudios científicos de viejas colonias a nivel mundial, que el hombre en grupo actúa de una forma más racional a la violencia, porque el desarrollo intelectual unido al grupal lleva a que la energía en masa sea más fuerte que la contrafuerza, realizado por el individualismo... —empezó el Príncipe con su cátedra.

—Cállate Príncipe, deja de decir tanta pendejada. Simplemente los cuatro somos machos. Ni la vejez nos quita las fuerzas para no dejarnos de nadie —dijo el Flaco, mostrando sus lánguidos brazos con la piel arrugada y caída.

—Mira no más ese Flaco. Mostrándose como el muy macho cuando en los viejos tiempos salía corriendo y nos dejaba a nosotros dándonos puños con los otros —dijo el Gringo, mirando directamente al Flaco.

—Ahora recuerdo la vez en el Club de Caza y Pesca, pero no tengo presente por qué después de un partido de fútbol se armó la pelea entre los dos grupos —dijo el Príncipe sin entrar en mucho detalle filosófico por primera vez en todo el día.

—Claro, el Guajiro, que descanse en paz, el Chino y el Gringo fueron los que se agarraron sin pensarlo dos veces a puño limpio con los otros. Solamente se veían patadas, puños y empujadas por todos lados. El Flaco no aparecía por ningún lado —dijo el Negro, poniéndose la mano en la cabeza mientras recordaba.

—Es que el Flaco era una gallina. Recuerdo que cuando uno se estaba dando puños con el otro, el Flaco calladamente se iba por detrás del contrincante y le daba un puño en la cabeza. Luego salía corriendo como una gallina —dijo el Gringo, muerto de la risa.

—¡Mentiras, yo sí era un macho! —empezó a defenderse el Flaco.

Como siempre, empezaron a discutir como todos unos viejos tercos sobre lo que pasó, ninguno quería dar el brazo a torcer. En el fondo, los viejos querían seguir discutiendo y hablando sobre algo porque sabían que el tiempo se les estaba acabando. Un tiempo que nunca iban a recuperar porque a su edad el río estaba llegando a la desembocadura.

El Negro, el Príncipe y el Flaco seguían hablando sobre la pelea. Don Tonino se alejó un momento de la discusión. Acostado en su cama, se quedó mirando cómo seguían con la discusión. Los miraba con intensidad tratando de absorber cada movimiento, cada mueca, cada azotar de la mano y cada sonrisa. Estaba tratando de grabar en la poca memoria que le quedaba esta última estancia con sus amigos. Sabía que sería el último encuentro en vida. Don Tonino, en su silencio, sufría una melancolía existencial. Trataba de controlar su mente trayendo recuerdos bonitos a su memoria. No podía, porque su actual mundo de cuatro paredes blancas iba a colapsarse en cualquier momento llevándose todo como un torbellino de un hueco negro hasta distancias infinitas. Pensaba sobre cómo es de increíble la vida, cómo pasa de rápido y cómo cada ser humano quisiera retener el tiempo para vivir plenamente, pero le es imposible. Pensaba en cómo hace más de setenta años los muchachos sin nombre, los que estaban en ese cuarto de cuatro paredes blancas acabadas, eran increíblemente unidos. Pasaron juntos parte de la historia de sus vidas, pero el destino hizo que se dejaran de ver por mucho tiempo. Increíblemente, un día cualquiera volvieron a reencontrarse y a compartir momentos, como si todo ese tiempo que no se vieron nunca hubiera transcurrido. Don Tonino miró al Príncipe y se dijo en voz entrecortada:

—Carajo, ese pendejo del Príncipe me pegó eso de pensar en la filosofía de la vida. ¡Qué cosa!, ¿no?

Los tres viejos dejaron de discutir y de conversar. Hubo un momento de silencio. Por la ventana del cuarto entró la brisa fresca de la noche y todos estaban contentos de sentirla. Primero que todo, les ayudaba a refrescarse del tremendo calor del día, pero lo más importante, aprovechaban ese instante de vida de la poca que les quedaba.

El Flaco rompió el silencio preguntando:

—Hermanos, ¿por qué esperamos hasta estar tan viejos para vernos?, ¿qué pasó?

—Cada uno cogió rumbo diferente, es normal en la vida —contestó el Negro.

—¿Qué piensa el filósofo del Príncipe? —preguntó el Flaco, mirando al Príncipe.

Estaban esperando una larga retórica del Príncipe. Para su sorpresa, el Príncipe se quedó mudo y luego de unos segundos, contestó en forma sencilla:

—La vida da muchas vueltas, como un buen círculo, empieza y termina en el mismo punto.

Eran las primeras palabras sabias que salieron de la boca del Príncipe en toda la reunión.

Los viejos se quedaron pensando en silencio sobre lo que dijo el Príncipe. En el fondo sabían que se les estaba cerrando el círculo y dentro de poco todos iban a llegar al mismo sitio donde empezaron. Sabían que el círculo de la amistad en este mundo terrestre se cerraba por completo ese día. Sabían que no había nada qué hacer sino aceptarlo en sus corazones.

Los viejos se quedaron en silencio por los siguientes quince minutos, todos en la nebulosa de sus pensamientos.

El Negro rompió el silencio, al decir con voz melancólica:

—Está tarde. Seguro están preocupados en mi casa, tengo que irme.

El Flaco dijo:

—Sí, ya es tarde para mí también. Generalmente me acuesto a esta hora por el cansancio.

Don Tonino también dijo:

—Sí, y dentro de poco la sargenta esa vendrá para fregar y decirles que se tienen que ir.

El Flaco preguntó:

—¿Alguien vino manejando para ver si me puede llevar a la casa?

—Hermano, con nuestra edad somos un peligro para la sociedad si manejamos —contestó el Negro.

—Bueno, parece que a todos nos toca regresar como vinimos, en taxi —dijo el Flaco.

El Negro, el Príncipe y el Flaco se levantaron lentamente al mismo tiempo. Se quedaron parados mirándose sin expresar una sola palabra, porque no sabían cómo despedirse. Don Tonino se acomodó en la cama para mirar a sus amigos, y les dijo:

—Hermanos, nada de pendejadas, se van como entraron, sin problemas, pero antes quiero agradecerles enormemente por la visita. No saben lo mucho que significa para mí volver a verlos luego de tanto tiempo y recordar tantas anécdotas.

El Negro se acercó a don Tonino y con una cara de tristeza le dijo:

—Este Gringo tan melancólico, después de viejo se mariconió.

Todos soltaron una enorme sonrisa, hasta don Tonino se retorcía en su cama. Los viejos fueron uno a uno a la cama de don Tonino para abrazarlo y despedirse de él. El primero fue el Negro que le dijo:

—Gringo, cuídate, nos vemos pronto en otra oportunidad.

Luego fue el Príncipe, que dijo:

—Nuestro reencuentro en este mundo material será prontamente realizable por la teoría existencial de la vida.

Don Tonino le apretó la mano al Príncipe y lo miró a los ojos como diciéndole: "¿Qué carajo estás diciendo?".

El último en despedirse fue el Flaco, que dijo:

—Gringo, la vida da tantas vueltas. Estoy seguro de que nos volveremos a ver.

El Negro, el Príncipe y el Flaco se fueron caminando lentamente hacia la puerta del cuarto. Todos sabían que era mentira eso de volverse a ver en este mundo terrenal. El uno se apoyaba en el otro para balancearse y ayudarse a caminar. Como siempre, empezaron a hablar de algo que don Tonino no escuchaba. Don Tonino se quedó mirándolos mientras lentamente se dirigían a la puerta. Cuando llegaron a la puerta, se voltearon a mirar al Gringo. Todos al mismo tiempo levantaron la mano y sonrieron despidiéndose por última vez. Cruzaron la puerta y giraron para esfumarse en la eternidad. Como llegaron se fueron, como el círculo de la vida.

Don Tonino se quedó mirando la puerta y sintió que un vacío enorme invadía todo su cuerpo y el diminuto cuarto de cuatro paredes. Luego de un rato de mirar sin parpadear, en un trance como si estuviera desconectado de toda realidad, se acomodó en la cama; al mismo tiempo llegó la enfermera sargenta a la puerta del cuarto, lista para hablarle a don Tonino. La enfermera no siguió cuando vio que don Tonino estaba volteándose lentamente para dormir, y lo miró con cariño. Ella sabía que en el fondo de su corazón quería mucho al viejo, aunque le hacía la vida imposible. La enfermera apagó la luz y empezó a cerrar la puerta suavemente, mientras decía en voz baja:

—Duerme tranquilo don Tonino, duerme en paz.

Don Tonino terminó de acomodarse y empezó a cerrar sus ojos. Sintió un frío en unas de sus mejillas, y cuando tocó su cara se dio cuenta de que por ella rodaba una lágrima. Era una sorpresa para él, porque no había llorado desde la muerte de su adorada Libarda. Don Tonino cerró los ojos y empezó a desconectarse de este mundo. Entró en un trance de sueño, mientras que las lágrimas seguían refrescando su piel arrugada.

Luego de la visita de los tres viejos, la vida de don Tonino transcurrió en la misma rutina de siempre. Pasaron semanas y meses y don Tonino seguía en el mismo cuarto de cuatro paredes blancas, siendo atendido por la misma enfermera sargenta y con las mismas peleas diarias. Todos los días, su adorada hija, Danisa, lo visitaba trayendo siempre a escondidas los pandebonos y las empanadas que le encantaban. Danisa lo ponía al día con los últimos chismes de la ciudad de Maliquilla: quién se murió, quién se divorció, quién se casó, quién tenía moza o hijos ilegítimos, quién se fue de la ciudad, quién se quebró, quién se volvió millonario y más cuentos. Dentro de todo lo que le contaba su adorada hija no había noticias de sus amigos, los muchachos sin nombre.

Su hijo Antonio aparecía de sorpresa cuando estaba de viaje de placer o de negocios en Maliquilla. Estas visitas le daban ánimo a don Tonino y se reía como un niño con todos los cuentos que le echaba su adorado hijo. Pasaban unos momentos maravillosos juntos. A don Tonino le daba tristeza cuando su adorado hijo tenía que irse. En el fondo se sentía muy orgulloso de su hijo y tranquilo porque estaba muy bien.

Pasó el tiempo y los viejos no volvieron a visitarlo. Don Tonino sabía que esa visita iba a ser la última, pero no perdía la esperanza de volverlos a ver.

A los dos años de la visita de los viejos, Danisa le dio la mala noticia de la muerte del Príncipe. El Príncipe murió tranquilo en su casa de un infarto, rodeado de su familia y de todos los libros científicos y filosóficos que tenía. A don Tonino le dio una tristeza enorme por la muerte de su gran amigo, pero se alegró de que muriera tranquilo y sin dolor.

A los seis meses, Danisa le contó sobre la muerte del Flaco. El Flaco siguió manejando hasta avanzada edad, pero nunca se le quitó la costumbre de quedarse dormido en los momentos y lugares más inoportunos. Un buen día regresaba solo de una finquita que tenía cerca de Maliquilla, se quedó dormido y el carro se fue a un barranco. El Flaco se quedó dormido para siempre. A don Tonino le dio mucha tristeza por la muerte de su amigo y dijo en voz baja:

—Flaco pendejo, como siempre quedándote dormido.

Unos meses después, Danisa le trajo la noticia de la muerte de su gran amigo el Negro. Al Negro lo encontraron en el cuarto de un apartamento secreto que tenía, a donde llevaba a las muchachas que se levantaba para hacer juegos sexuales, con los ojos abiertos mirando el techo, con una sonrisa de oreja a oreja, mostrando sus bellos dientes blancos. Parece que el Negro se murió de un infarto, pero más de placer que de enfermedad. El Negro murió feliz. A don Tonino le dio más duro la muerte de su amigo el Negro porque era con quien más confianza y amistad tenía. Don Tonino se quedó mirando a Danisa, mientras le contaba sobre la muerte del Negro y simplemente dijo en voz baja:

—Mi Negro, ahora sí que nunca vamos a lograr el desempate.

Danisa miró a su padre con cara de que no entendía, pero no fue capaz de preguntarle y decidió dejarlo con sus pensamientos.

Se habían ido a mejor vida los tres viejos, y don Tonino nunca más los volvería a ver. Don Tonino sabía que la vida no era permanente, que algún día le llegaría su turno. Solamente le pedía a Dios que cuando llegara fuera rápido y sin dolor.

Los días monótonos de su vida pasaban como una burbuja en un frasco de miel de abejas. Era el día de sus cumpleaños número ciento cuatro. Para su fortuna y alegría, sus dos hijos adorados, Danisa y Antonio, vinieron a visitarlo. Trajeron una bella torta de chocolate con cubierta de vainilla que le encantaba. Danisa también le trajo las empanadas y los pandebonos escondidos en su bolso. Los dos hijos, la enfermera sargenta y algunos de los médicos le cantaron el feliz cumpleaños. Antonio le dijo a su padre que pidiera un deseo y que soplara las diez velas de atrás y las cuatro de adelante en representación de sus ciento cuatro años, porque no cabía el total de velas en la torta. Don Tonino pidió un deseo. Con una enorme sonrisa en su rostro inhaló bastante aire y sopló con todas sus fuerzas para apagar las velas. Su sonrisa no era solo por la celebración de su cumpleaños, sino porque en su corazón sabía que iba a ser el último soplo de su vida.

Luego de unas horas, don Tonino se sentía cansado. Pidió a la enfermera y demás gente el favor de dejarlo solo con sus hijos. Dijo a Danisa y a Antonio que se sentaran a su lado en la cama. Cogió la mano de cada uno y les dijo que los quería mucho y que se sentía muy orgulloso de ellos. También dijo que agradecía a Dios todos los días por darle la oportunidad de criar a dos bellos hijos y de tener la continuidad de su sangre. Se disculpó por todo lo malo y les dijo que los amaba con una intensidad única. Pidió que cada uno se acercara para darle un beso en la frente. Luego del beso, les dijo que quería descansar y dormir. Poco a poco iba cerrando sus ojos, siempre manteniendo la sonrisa en su cara, todavía cogido de las manos de sus hijos, hasta quedarse en un sueño profundo para la eternidad.

Don Tonino abrió sus ojos y vio su cuerpo en la cama. Un médico y la enfermera sargenta estaban desesperados tratando de revivirlo con todo tipo de aparatos. A un lado estaban parados sus dos bellos hijos abrazados llorando y mirando con desespero la labor del médico y la enfermera.

El ambiente del cuarto empezó a cambiar. Las cuatro paredes blancas empezaron a caer. El cuarto empezó a expandirse enormemente y en un espacio infinito. También sintió que el tiempo retrocedía a una velocidad increíble. Sentía que cada segundo su cuerpo se volvía más joven. Miró por un espacio abierto y vio una luz que se acercaba. Al final de la luz había unas figuras. Sintió que se transportaba hacia la luz a una velocidad constante. Cuando estaba acercándose a las figuras, vio a su derecha a sus padres que le sonrían y lo saludaban. Ya más cerca de las figuras vio a la izquierda a su Libarda, quien con una sonrisa le extendió la mano. Don Tonino cogió su mano y su bella Libarda le dijo:

—Mi amor, nos vemos dentro de poco para estar juntos para siempre.

Don Tonino soltó la mano de su bella Libarda y se acercó a las figuras. Notó que había varios muchachos y muchachas sentados en unas mesas. Estaban hablando, riéndose, tomando, discutiendo y en una alegría total.

Cuando don Tonino llegó a la mesa, los muchachos y las muchachas se voltearon a mirarlo. Para la sorpresa de don Tonino, se encontró con las miradas del Negro, el Príncipe, el Flaco, el Indio, el Guajiro, el Chino, el Chivo, la Cieguita y otros muchachos y muchachas sin nombre. El Negro se levantó, vino hacia don Tonino, lo abrazó y le dijo:

—Mi hermano, Gringo, te demoraste mucho en venir, pero, bueno, ya estás con nosotros. Tómate un trago.

Don Tonino se miró en un espejo antes de sentarse y se vio joven. Se sentó en la mesa con todos los muchachos y las muchachas sin nombre a charlar, reírse, tomar aguardiente, fumar un cigarrillo y vivir los momentos inolvidables del pasado. Luego de un tiempo, no se sabe cuánto, porque en el cielo o purgatorio o donde estuvieran no se medía el tiempo, los muchachos y las muchachas sin nombre se levantaron uno a uno para despedirse, dándose abrazos, chocada de manos, palmadas en la espalda y besos en la mejilla. Sus cuerpos se perdían en el resplandor de una luz blanca. Los últimos en quedarse fueron el Negro, el Flaco, el Príncipe y el Gringo. El Príncipe se levantó y dijo:

—Veo que el círculo está cerrado, pero desde un punto de vista científico y filosófico, voy a ver con quién puedo dialogar y analizar sobre el real significado de la luz blanca... El Príncipe siguió hablando solo, con su vocabulario inentendible, mientras se perdía en el resplandor blanco.

Luego se levantó el Negro y mirando al Gringo, le dijo:

—Vamos a ver quién gana la apuesta. Todavía estamos empatados. Nos estaremos viendo.

El Negro se perdió en el resplandor blanco.

El Flaco y el Gringo se quedaron sentados un rato sin hablar. Llegó Libarda y le extendió la mano al Gringo diciéndole:

—Mi amor, vamos, tenemos mucho de qué hablar y ponernos al día.

El Gringo se levantó cogiendo la mano de su Libarda. Al mismo tiempo se levantó el Flaco, quien cogió el camino contrario. Antes de perderse en el bello resplandor blanco, el Gringo giró, llamó al Flaco y le dijo:

—Flaco, te recojo a la misma hora, y tranquilo que puedes dormir todo lo que quieras porque ahora no importa que lleguemos tarde.

Todo se volvió oscuro. Empezó un nuevo círculo de vida para los muchachos sin nombre.

– FIN –

www.ingramcontent.com/pod-product-compliance
Lightning Source LLC
Chambersburg PA
CBHW051241170626
46809CB00004B/1431